夢の小箱をアナタに

下村みゆき
SHIMOMURA MIYUKI

幻冬舎 MC

夢の小箱をアナタに

はじめに

私が50代半ばの頃「人の命は3万日」と、ある僧侶の説法で聞きました。長い間、心の奥にあった3万日が、70歳になった時にフワッと心にクローズアップされました。

今の人生は有限だということを改めて感じた時、私にはやり残したことがたくさんあるような焦燥感に襲われました。「何かしなくては」、「私は今何をしたいのか」、「私の生きた証しは」、はたまた「何を残せるのか?」。色んな思いが心に渦巻きました。

迷い苦しんだ20代。原因不明の白血球減少の病に襲われ死の恐怖さえ感じて、一日一日が大切で、生きていられるだけで幸せと感じた30代。天職かもしれないと感じるほどの仕事に出会えた40代。子供達の巣立ちやウツ、体調不良で悩んだ更年期……。本当に色んなことがあったけれど、多くの人との出会いは、私の人生にかけがえのないものとなっています。出会った人達の全てが学びであり、今の私という人間が作られてきたのだと思います。この心の奥にしまわれていた思いを、言葉にして、そして文章にして、42編のエッセイと詩にして纏めました。

迷い道にいる人に、少しの勇気を。
悲しみの中にいる人には、少しの希望を。
幸せな人には、もっと幸せを。

少々ドジで、どこか弱いくせに、強く逞しい私。涙もろくて人に甘くて何度も痛い目に遭いクヨクヨするが、又すぐに立ち直る私。甘さと優しさはいつも同居して隣り合わせにいる。そんな私の半生を綴った『夢の小箱をアナタに』です。

目次

装画・挿画　モシ村マイコ

夢の小箱をアナタに

夢を入れる小箱を宅配便で届けます
届いたら必ず開封して小箱を取り出してくださいね
大切なアナタに贈りたかった小箱です

これはどんな夢も入ります
夢を忘れないでいて欲しいから……
夢を思い続けて欲しいから……

日々の忙しさや
やらなくてはならないことで
いっぱいいっぱいになってしまうアナタ

でも心の奥にある夢は消えてなんかいないのです
少し奥の方にしまい過ぎて
何処にしまったのか忘れかけているだけなんです

だから
側に置いて欲しい小箱です
いつでもすぐに開けられる夢の小箱です
夢をいっぱい詰め込んで欲しい小箱です

悲しくて悲しくて何も考えられない時
「もうダメ」と絶望感で一歩も踏み出せない時
足元が見えない崖っぷちに立っている時
アナタの夢の小箱を開けてみてください
必ず明るい光が見えてきて
希望の扉が目に飛び込んで来るはずです

そしてアナタは
熱い思いの希望に満ちていた日々を思い出すでしょう
もう大丈夫　必ず歩き始められるはずです
夢をたくさん詰めた小箱を抱えながら……

子供の頃の私

私は1951年の12月、三姉妹の末娘として、この世に生を受けた（まだ戦後6年の日本だった）。

母は私を身籠った妊娠末期の頃に、ひどい妊娠中毒症になってしまった。家族皆の判断でお腹の子より母親の命を優先と考え、10ヵ月に満たない胎児の私を予定日より早く出産させることにしたそうだ。小さく産まれて来た私。また妊娠中毒だったせいなのか、母のお乳は思うように出なかったと言う。母は私の身体があまり丈夫でなかったのは、自分のせいだと私が大人になっても何度も繰り返し言っていた。

確かに私は小学校に入ってからも、しょっちゅう熱を出していた。そんな私は2階の自分の部屋で寝る事よりも、家族の目が届く中庭に面した、その部屋で過ごすことが多かった。

高熱を出すと何も食べられなくなり、よくリンゴの擦りおろした物を食べさせてもらった。そんな時の遊びは布団の中だけ、手の平に薬を包むオブラートをのせて熱でクニャクニャと動くのを見て楽しんだ。また私が布団ごと床に沈んでいってしまうような、奇妙な感覚に襲われたりした事も、不思議と未だに思い出すことがある。

2、3歳の頃と思うが、左脚の股関節が先天性の脱臼であることが判明し、ギプスを付けて1年間ほど、歩くことができなかった。その頃のギプスは、現代では考えられない石膏のギプスだった。初めてギプスを付けられた日のことは、幼かった私でも忘れられない出来事だったのか、鮮明に覚えている。

広い静かな病院の一室で、ガラスのように冷たいベッドに寝かされ、手足を固定された。その日は風の強い夕方で、病院の窓ガラスがカタカタと音を立てていたことや、その窓に映る木の葉がユッサユッサと揺れていたこと。そして厚い石膏のガーゼで私の右脚以外の下半身が全て覆われたこと。幼かった私にとっては恐怖だったと思うが、私は泣かなかった。そのことを「この子は強い子だ」と医師がとっても褒めてくれたことも覚えている。

その日から、私は一人で自由に歩くことはできなくなった。父はすぐに知り合いの建具屋さんに私専用の椅子を頼んでくれた。重いギプスは、布団に入ると寝返りなどは全くできなかった。母はそんな私を不憫に思い、自分も一晩中寝返りをせずに寝たと言っていた。子供だった私にとっては、不思議なほどに何もかも事実を受け入れていて、断片的には色んなことを思い出すが、ネガティブな感情などは、全くないのである。

今は、石膏の塊のような私を背負ってくれた父や母はどんな思いだったか。苦労ばかりかけた私だったと、感謝しかないのである。

歩けなかった私、家で過ごしていたからこそ発見したことがたくさんあった。初夏の中庭の池で咲く、美しいピンク色の睡蓮が花開く時に「ぽん」と微かな音を立てること。欅の木には、いつもたくさんの蝉が止まりミンミンと鳴いているのを見つけ、蝉は欅の木が好きなことも分かった。全てが私だけの大切な発見であった。また本が好きになったのも、母と一緒にたくさんの本を読んだからと思う。

病院の帰りには、いつも両親と一緒に呑龍さま（子育てで親しまれていた大光院という寺院）に行った。そこにいる孔雀は、昼の12時に必ず羽根を広げて私に見せてくれた。孔雀は12時になると羽根を広げるものと大人になるまで思っていたが、実は近くの会社の正午を知らせるサイレンの音に驚き羽根を広げていたことを、最近知った私だった。

人はこの世に生を受け生きて行く中で、一瞬一瞬は過ぎ去って行くものだが、全身の細胞や脳には、全てが刻まれて『自分』が作られていくのだと思う。嬉しい思い、楽しい思い、悲しい思い、辛い思い、それらの経験全てが自分を作る材料になり、人格形成されていくのだと思った。

おしるこ

お天気の良い休日に、遅い朝食をのんびり摂りながら「今日はお天気が良くて家にいるのは勿体ないくらいね。何処かお出かけする?」と夫と話し本日のお休みはドライブと決定した。いくらお天気が良く気持ち良い日でも、当てもなくドライブをする訳にはいかないので、行き先を何処にしようかと話した。

何日か前にテレビで見た、葛飾北斎の事を取り上げた番組を思い出した。北斎が晩年に1年かけて描いた傑作が、小布施の「岩松院」の天井に描かれているということである。

何年も前の事だが同じ小布施にある、北斎館で「北斎の一生」というスライドを見た事を思い出した。90歳で他界した時に「天が後5年いや10年、命を与えてくれたなら、私は本当の絵描きになる事ができたであろう」と言ってこの世を去って行ったそうだ。

3万点もの作品を描き続けた上に、その時代の平均寿命は長くても50歳程度だったという。普通で言えばもう充分な大往生ではないかと思う。だが北斎は好きな事を仕事にし、最期まで新しい表現を追い求める芸術家であったからこそ、時間がいくらあっても足りなかったのであろう。

1時間ほどで、目的の岩松院に到着した。その岩松院の天井絵を見上げた時、何とも言えない緊張感のようなものが私の身体に走った。案内の方の十数分の説明によると、この絵は「八方睨み鳳凰図」というように何処から見ても、鳳凰の睨む目が見えるという作品だということである。圧巻の作品は北斎の魂、芸術家としての執念、思い、言葉では表現できないものを感じた。暖かい日ではあったが、作品が傷むのを考えてのことなのか暖房のない岩松院の床は、とっても冷たく寒かった。又空気も凛と感じられ、身体の芯から冷えてしまい30分ほどでお寺を後にした。

車で移動しながら、どこかで軽いランチを摂ろうかと探した。小布施名物の温かい栗ぜんざいやお汁粉が食べられるお店が見つかり入った。冷えた身体には、店で出された温かいお絞りさえも有り難かった。二人共身体もお腹も温かくなり、幸せな気持ちで帰路についた。

暫く走らせた車の中で夫は私に「黙っているから眠っているのかと思ったら起きているんだ」と話しかけてきた。「私だって寝てなくても、たまには黙ってることだってあるわよ」と言い返した。私は昔の父のことを思い出していた。軍人あがりの父は、いつも私には優しくて、強い父であった。子供の頃から私が覚えている限りでは、父はあの青年兵の話以外に涙などこぼしたことがあったであろうか？

陸軍航空隊にいたという父。戦争の話の中で、「空を飛ぶなんて怖い」と言う私達姉妹に「飛行機ほど安全な乗り物はないんだよ」と紙で作った飛行機を手に持ち、飛行機が空を飛ぶ原理を話してくれたりした。

子供の頃、我が家のお正月の朝は、元旦と2日がお雑煮で3日はお汁粉と決まっていた。父は軍隊でお汁粉が出た時の話をしてくれた。甘い物など殆ど食べられることがない軍隊生活で、お汁粉は何よりご馳走だったという。まだ10代だった青年兵はたくさん食べたいが為に、熱いお汁粉を一気に飲み干してしまい、また後ろに並んでおかわりをしようとしたそうだ。だがお汁粉は食道も胃も大火傷を負うほどの熱さだった。何とその青年兵はその夜に、亡くなってしまったそうだ。父は大粒の涙をこぼしながら「戦争はまだ未来のある10代の青年の命を奪ってしまったのだ。戦争は絶対にしてはいけない！　人は幸せになる為に生まれて来たのに。こんな事で命を落とすことがあったほど、戦争とは悲惨なものだったのだ」と泣いていた。父はお汁粉を食べる度に、その青年兵の事を思い出していたのだと思う。私もお汁粉を食べると、この父の話を思い出してしまう。

好きな芸術に一生を費やし、90歳でこの世を去った葛飾北斎。モネやゴッホなどヨーロッパの芸術家達にも影響を与えたという人生もあれば、名も知れずに若くして悲惨な戦争のために命を落として行った人生もある。その青年兵はどんなに無念であったろうか。どんなに生きたかったであろうか。

私は70歳を迎えた時に、後どれくらいの時間が残されているのか分からないが、確実に減って行くという現実を改めて感じた。それはネガティブな意味ではなく、本気で今後の有限である人生、何をしたいのかと考えた。大好きなプロポーションカウンセラーという仕事は、許されるならばもう少し続けていこうと思う。その為には美しくいる努力は手を抜けない。でもそれだけでは物足りない。欲張りの私はもっと何かをしたい。

何十年も触らなくなり、音符もハ長調ぐらいしか読めなくなったピアノのレッスンでもして、指先を使い老化防止でもしようか、それとも憧れのフラダンス、運動しない歴70年のこの身体に喝を入れる為にトレーニングジムにでも行こうか、しかし、何故かどれも心がトキメかない。やっぱり一番好きな事を始めようと思った。

北斎が芸術なら、私は下手でも良いから感動したこと、悲しかったこと、忘れたくない出来事、みんな書き止めておきたいと思う。やっぱり文章を書くことが好き。これが結論だった。

サチさん

ある休日、私はノンビリとパジャマのままニュース番組を見ていた。

「今朝のコーヒー豆は、ママの好きなキリマンだよ！」。お気に入りのカップに夫がたっぷりとコーヒーを入れてくれた（子供達は私のことを「お母さん」と呼ぶが、夫は未だに「ママ」と呼ぶ）。

ピンポーンと玄関のチャイムが鳴った。まだパジャマの私。夫に「私はパジャマだわ。お化粧もしてないし。誰かしら？　出て出て」と夫を促し出てもらった。夫もパジャマだったが、男性ならパジャマでも大丈夫と勝手に決めている私。「ママー。サチさんご夫婦だよー」と夫が私を呼んだ。サチさんとは本当に久しぶりである。私はパジャマのまま飛び出して行った。サチさんは、はにかんだ笑みを浮かべて「チーフに桃！」と箱を差し出した。私はその箱を受け取りながら「サチさん元気だった。ありがとう。わざわざ来てくださったのね」（私は美容関係のサロンを営みチーフと呼ばれている)。

その後サチさんは「にこにこ」するだけで何も話すことはなかった。いつも髪を短めにしていたサチさんの髪はだいぶ伸びていた。ご主人が「さぁ帰ろう」とサチさんを促して車の助手席に乗せて帰って行った。以前のサチさんなら、もっともっと話をしたのに。

私のサロンの20周年祝賀会の時は紫色の着物をビシッと着てテキパキと受付をしてくださったサチさん。あれからもう10年の月日が経つ。この数年で彼女は色んな記憶が、ボロボロとこぼれていってしまっている。多くのことを忘れてしまっているのだ。


私がサチさんと初めて出会ったのは25年前になる。まだ結婚前であった彼女の娘のナミちゃんがプロポーションづくりの為に私のサロンに通っていた。その時に自分の母親はお肌が弱くてブラジャーも付けられない。と相談されたことがきっかけだった。色々と工夫をした結果上手く着けられて、サチさんもサロンに通ってくださるようになった。その頃の彼女はまだ54歳だった。色の白い、もの静かな印象だった。ナミちゃんが私の長男と同年ということもあり色んな話をした。彼女は独身の頃は保育士をしていたと聞き私も東京で保育士をしていたこともあり、いっそう親近感を抱いたのだった。

そんな彼女に違和感を覚え始めたのは、70歳を超えた頃であろうか？　サロンで少し前に購入してくださっている商品を又購入しようとするので「サチさんコレは最近買われたので、お家にあるはずですよ。ダブってしまいますよ」と私が言うと「そんな事はないわよ。私はまだ買ってないわよ」と言うのだった。数分前に話した事を忘れてしまったりすることも、増えてきていた。その頃の彼女はサロンの色んな講習会中に眠ってしまうこともしばしばあった。

それでもその時は、ご家族で会社経営をされているので、ご主人や息子さんの朝、昼、夜の3度の食事や、家事全てとプラス会社の事務関係全般と、心身ともに疲労が重なっているからかもしれないと思った。だがサチさんに会う度に心配する気持ちが膨らんでいった。少し後にナミちゃんが私に「お母さんたら、今晩の夕飯は天ぷらにしようね、と買う食材まで決めてスーパーに行ったのに、全く忘れていて夕飯どうしようか？　なんて言うんですよ。何だか妙に忘れっぽい気がします」と言うのだった。

家族は誰も信じたくないものと思うが私は病院に行くことを勧めた。もしかしたら何とか手立てがあるかもしれない。物忘れは一時的なことかもしれない。そう思いたかった。ご家族の皆さんは私なんかより、数倍も受け入れ難かったと思う。ご主人は、あまり病院には連れて行きたくなかったようだが、ナミちゃんは嫁いでいたので、たまに会うサチさんの変化に気付き始めていたのだった。


病院ではアルツハイマー型認知症と診断され、毎日薬を飲んで様子を見ることになったと聞いた。認知症だからといってすぐに何もかも忘れてしまったり分からなくなる訳ではない。少しずつ、少しずつ記憶がこぼれていくのだと思う。薬で少しでも、そのこぼれる記憶の速度を遅くできたら……。

サチさんはだんだん台所に立つ時間も減ってきたと、ナミちゃんは言っていた。

色んなことが何から始めて良いか分からなくなってきていて、いつも心が困っているのだ。

周りのサポートなしでは、食事を作ることは困難になってきていたのだった。あんなに綺麗でオシャレで着物もピシッと着ていたサチさんが、今は季節も分からなくなり、洋服も何を着たら良いのか自分で選べなくなってきていた。そんなサチさんにナミちゃんが月1回行った時に、困らないように洋服を揃えてあげていると聞いた。

だんだん子供のようになってきているサチさん！

ずーっと会社やご家族を支え続けてきたサチさんは、今度はご主人にうんと甘えさせて貰う番なのかもしれない。毎日毎日欠かすことなく3度の食事をつくっていたサチさんに、もう食事の事で悩まなくて良いことが、このような形で訪れて来たと思った。

ナミちゃんが私の店に勤めることが決まった時、サチさんは「ナミは我儘で感情をすぐに顔に出すので、チーフにご迷惑をかけるかもしれませんが、宜しくお願いしますね」と私に言った。

けれどサチさんの育てたナミちゃんは、我儘どころか優しくて素直でよく気が付き、その上、頭も切れる素晴らしい娘さんなのだ。それだけでもサチさんの人生は誇れる人生だと思った。ナミちゃんにとっては、自分の母親が色んなことが少しずつできなくなることや、感情さえもあまり外に出せなくなっていること は、どんなにか辛いことか思う。

そんな母親を優しくフォローするナミちゃんは、今までかけて貰ってきた愛情のお返しをさせて貰っているのだと思った。世界でたった一人のかけがえのないお母さんを悔いのないよう、思い残すことがないように、思い切り大切にして欲しいと思った。

あなたの幸せ

あなたの幸せって？
私の幸せは　まずは健康なこと
そして幸せって感じる　私がいること

悲しくて悲しくて　どうしたら良いか分からない時
あなたの好きな美味しい物を思い切り食べてみて
少しお酒もね
綺麗なピンク色をしたロゼのワインなんか　どうかしら？
今日は太るとか気にしないでね
だって今　涙の湖に沈んでいるあなたは　湖の真ん中から向こう側の幸せの岸
まで泳いで行く体力をつける為なのよ

辛くて辛くて　永遠にこの辛さが続く気がする時
朝いつもより少ーし頑張って　早起きして朝日を見るの
昇ってくる太陽はあなたに　元気と勇気をくれるはず
朝食はバターの香りのするクロワッサンとキリマンのコーヒーはどうかしら？
そしてあなたのお気に入りの車　赤いクーペに乗って今日は思い切り飛ばしてみたら
そうねー
緑の綺麗な所に行ってみると良いわ
そこで深呼吸して　元気になるおまじないをするの
大きな声で「だいじょうぶよー」と叫んでみて
ホラ何だか身体がスーッと軽くなってあなたの心に　朝見た太陽が浮かんでくるでしょ

落ち込んで落ち込んで　何もする気になれないそんな時

まず深呼吸を思い切りするの
そして鏡に向かいお化粧をするのよ
面倒なんて思わないでね
いつもより濃い目のアイシャドウを付けたり　アイラインは太めにキリッと入れる
マスカラも忘れないでね
うーん　今日の口紅は真紅はどうかしら？
さっきまで落ち込んでいたあなたと　違うあなたが鏡の中にいるでしょ
思い切り変身してみたら　きっときっと何かが見えて来るはずよ
悲しいほどに色んなことにイライラしていて　心の置き場を見失ってしまった時
お気に入りのワンピースを着て　思い切りオシャレしてお出かけしてみたらどうかしら？
もちろんイヤリングと指輪も忘れないでね。

ホラあの街角にある喫茶店に　誰にも言わずに一人で入ってみたら？
バニラアイスに熱いコーヒーをかけて食べるイタリアのデザート（アフォガート）をちょっと気取って食べるなんていかがかしら？
言いたいことも　やりたいこともずっと我慢していたことに
あなたの心は気付くはずよ

人を許せなかったり　憎んだりして　悔しくて苦しんでいるあなた
大きな声で「もう良いのよー」と叫んでみて
何もかも許してみたら
不思議なことにあなたは　苦しみから解放されるはず
何かに囚われていたあなたが自由になれるはず
あなたの苦しみの根っこは　あなたが許すことでスッと抜けるはず
そしてそれがあなたにとって幸せなはず
そう　人の幸せはあなたの心が幸せを感じる日常にあると　きっと感じるはず

依存コード

ある日の事、二十数年間も必ず月に一度はサロンに来られていた方が、会員の退会の申し出をしてこられた。何かあったのかと心配する私への返事は、あやふやなメールが来て終わった。その方は50代半ばのお客様で、つい最近人生の岐路に立たされ、それに対して私もどっぷり浸かり、一緒に悩んだり考えたりしたほどだったので、何となく私の心はスッキリしなかった。

夕食の時に掻い摘んで夫に、その話をした。すると夫は「仕事以外のことで深く関わり過ぎるから、そんな事でも一喜一憂するんじゃないの。お節介し過ぎではないのかな。プロなんだから、もっとビジネスライクに徹するべきと僕は思うよ」とキツ目の言葉が返ってきた。たくさんの会員さんの入会や退会の申し出に、いちいち私が一喜一憂などしている訳ではないが、今回は特にそう感じられた。「私のお節介は子供の頃から通知表に書かれる位だったから、筋金入りのお節介なのだから仕方ないの」と夫に反論した。

しかしながら、私のその厄介な性格は何がお節介なのか、自分ではよく分からないのだから困ったものだと思う。そんな私だから色んな相談事を引き寄せてしまうのかもしれないと思った。

何年か前のことだが個人レッスンの、ボイストレーニングに通ったことがある。恥ずかしいので誰にも言わずに、内緒で始めたレッスン。何ヵ月かレッスンに通ったある日、レッスン中に先生から、離婚した時に夫の元に残してきたお子さんのことを相談された。私も相談されれば真剣に考える。するとその内に、1時間のレッスンの半分は、悩み相談をされるようになってしまった。レッスンが終了すると毎回5千円のレッスン料を、支払って帰って来る。レッスンに行くことが何となく心が重くなり、数ヵ月後に辞めた。私の人生って一体何！　何か起きると、立て続けに色んなことが起きる。

ある方に「アナタは依存コードを結ばれやすい方なんですよ。だから色んな方が色んな問題を抱えてやって来る。それはある意味アナタ自身が試されているのですよ」と言われたことがある。

「依存コード……」。言われてみたら、そうかもしれないと思うことが幾度となくあった。それはまるで申し合わせたように1、2ヵ月の間に5人の人が次々に「お金を貸して欲しい」と相談に来たことがある。1人目は次男の中学校時代の同級生N君のお母さん。スーパーでお買い物中にバッタリ会い、挨拶を交わし家に帰って来た。すると数分もしないで家のチャイムが鳴った。数分前に合ったN君のお母さんだった。「言いにくいことだけど、お金貸して欲しいんだけど」と唐突な申し出だった。何十年振りかにスーパーで偶然会っただけの私になぜ？と思った。彼女の理由は、借金をして何かの販売を始めたけど思うように販売できず、返済期限が迫ってきて困っていると言うのである。私はその時はもちろんお断りをした。

2人目はサロンのお客様のご主人。奥さんの携帯から電話をして来たので、私は普通に出た。「もしもし○○ちゃん、どうしたの。こんな時間に」と。「家内には内緒だけど、何とかお金の都合を付けて欲しい」と男性の声で言われ、驚いた。ご主人が私に電話をかけて来た事さえ気持ち悪かったのでキッパリと断り、奥さんの携帯から電話をするのも止めて欲しいことを伝えた。

その後3人目も4人目も昔の知り合いだった。一人は高いパソコンを買ってしまったからと。もう一人はご主人が借金してしまい、明日に返済期限が迫っていて困った末に、私を頼って来たというのである。その女性はまだ若い30代。困った顔を見ていたら、断ることも可哀想な気がしたが、夜に訪ねて来られても、家にお金など置いてないことを伝え「ごめんね、A子ちゃん。急にはお金の用意なんかできないのよ。それに夫婦とはいえご主人の借金は、本人が何とかした方が良いと思うわよ」と言い、家にあるオヤツや果物を「お子さんにあげてね」と渡し帰ってもらった。彼女は、どんな思いだったろうか……。断る私も辛かったが、そうするしかなかった。

5人目は画家さんだった。デパートの絵画展で『初夏の奥入瀬』の絵を見ていっぺんに魅せられてしまった。迷った末に画家のご夫婦と会って購入を決めた。穏やかな顔をされた老夫婦だった。奥様は「夫は毎年のように、何度も奥入瀬に入り描き続けているんですよ。奥入瀬の絵で、アトリエはイッパイですよ」とニコニコしながら言う顔が優しかった。購入した絵は自宅のリビングに飾った。セセラギが聞こえて来るような初夏を感じる、爽やかな絵画だった。その後もご夫婦とは、年賀状でのお付き合いをしていた。

ある年末、画家から珍しく電話が掛かってきた。「家内が病気で倒れ、お金が必要なので、絵を買って欲しい」と言ってきた。驚いた私達夫婦はお見舞いの品を持ち、指定された場所に行った。すると奥様がニコニコして、そこにいる。私は「お身体の具合は大丈夫ですか」と、お見舞いの品を出しながら聞いたが、すぐに画家から『秋の奥入瀬、ライラックの花、赤い薔薇』の3枚の絵を見せられて、絵の話になってしまった（奥様が本当に病気だったかどうかは未だに分からない）。私達は1枚だけ絵を買うつもりで、お金を用意していたが、支払いはいつでも良いから、3枚買って欲しい、と頼まれて結局3枚の絵を買うことになった。しかし何日かすると、画家から「すぐに残金を全額支払ってくれませんか」と連絡が来たので、私はすぐ振込んだ。その後も何度もお金に困っているので絵を買って欲しいと、手紙や電話がサロンにまで来るようになり、私は居留守を使うようになってしまった。素敵な絵を描く人なのに、残念だった。

私は「依存コードを結ばれてしまい、試されている」と言う言葉を思い出した。私のお節介や優しさは、甘さでもあることを改めて知らされた。そんな私は、時には人を安易な道に行かせてしまうことがあるのかも知れない。そしてその人は、大切な学びをすることなく、素通りしてしまうことがあるのかも知れない。人生どうするか試されているのは、私自身かも知れない。

青春時代の別れ

「もしもし、ミユキちゃん」。聞いたことのある声だった。思い出すことができずに戸惑う私に「私よ私、女子高で一緒だったY子よ!」。何十年振りかの高校の同級生からの電話。

それはKの訃報だった。その知らせを聞いても私の心は何も動く事はなかった。Y子は私にせめて最後にKのお見送りだけでもして欲しいと思い、彼女の優しさで色んな知人の伝手を使った末に私に辿り着いたと言っていた。

私の記憶はY子の電話で、過去に引き戻された。私の高校時代の若者達は60年代の後半に大流行したザ・タイガースとか、ザ・スパイダースとかのグループ・サウンズに夢中になったりしていた。また卒業の頃の70年代の初めには、フォークソングなども流行し始めていた。一方70年安保闘争や沖縄返還の運動など、学生運動も盛んな時代だった。

私とKとの出会いは、女子高と男子高の生徒会の交流会だった。この時、私の育った県は、殆どの県立高校は男女別学だった。男子高で生徒会長だったという彼を初めて見た時は、なんて大人っぽい人なのかと感じ、いつしかKに強く惹かれていった。

70年代、この時代の高校には政治的思想を持つ教師が、各高校に多く存在した。私の通っていたT市の高校は進学校だったにも関わらず、教師達は受験生である私達を対象に、政治的な学習会を開いていた。私もその学習会にKの誘いで参加するようになっていった。三姉妹の末っ子であまり身体も丈夫でなかった私は、政治のことなど全く考えたことも、触れたこともない世界だった。教師らの話す民主主義や資本主義、ブルジョワ、プロレタリア。これらの単語は、過去の私の中では聞いたこともないものばかりだった。何もかもが刺激的で目新しいことであった。私は何も分からないまま、そんな世界にのめり込んで行ったのである。

この頃は60年安保後に言われ始めた若者の三無主義、無気力、無関心、無責任は罪悪である、社会は私達の手で作っていくのだ、まだ親のスネかじりの身でありながら、社会変革をする責務があるなどと、そんな事を討論し合っていたのだった。彼らは皆の事を「同志」と呼んだ。大学に入る頃は学生運動は益々盛んになっていた。Kは70年安保闘争などのデモなどにも多く加わっていた。その最前列でメガホンを片手にシュプレヒコールするKを見て、私はその時代を背負う英雄に見えた。彼とのお付き合いも、そんな社会を背景に続いていた。当時は何も言わなかった両親だが政治活動に傾いていった私を、凄く心配しながら見守っていてくれたようだ。

あるお正月、Kと会う約束をした。両親が成人式に揃えてくれた振袖を着て、約束の場所で待った。成人式には高熱を出し、着ることができなかった初おろしの振袖を、母に着せて貰った。私の振袖姿を見て彼は何と言うだろうか？　とワクワクしながら私は待っていた。時間になってもKは約束の場所に現れなかった。何だか胸騒ぎがした。

結局Kはお正月だと言うのに実家にも帰らず、アルバイト先の食堂の賄いをしていた5歳も年上のN子という女性のアパートに転がり込んでいた。後からアルバイト先の方から聞いたことだったが、その女性は会社に辞表を出していて、Kもアルバイトを辞めていた。彼等はその先の人生を2人で、どう生きるつもりだったのか。私の心は思いもしなかったKの裏切りにズタズタになった。私自身の過去の全ての出来事さえも、汚されたという感情を拭うことができなかった。青春もキラキラした希望も未来も全てを、KとN子2人に奪われたという思いが襲っていた。息をすることも苦しくて、心臓の鼓動がズッキン、ズッキンと全身で脈を打ち、痛みが小指の先まで走った。

後に彼はN子とはすぐに別れたらしく、色んな言い訳をして私とコンタクトをとろうとして来たが、到底Kを許すことなどできなかった。彼は学生運動の英雄という偶像を、私が勝手に作り上げていたことが悔やまれた。

結局Kは大学を卒業しても、チャンと就職することもなく、私と別れたあとは結婚することもなく、塾教師としてあちこちの塾を渡り歩いていたようだった。

やがてKは60歳目前にして胃癌が見つかり、余命幾ばくもない事を医師に告げられ、過去の同志達に会いたくなったのか、仲間に連絡をして行ったと聞いた。

高校時代に一緒に学習会に出ていた彼等は、お節介にも生きているうちに私に会わせようと話が決まり、私に連絡を取ろうとしていた。だが誰とも会えずに、彼は他界したと聞いた。私はあの時から、学生運動や学習会を一緒にした誰とも連絡を取っていなかったし、誰とも会いたくなかった。若かった私にとって、その時の心の傷は生涯癒されることは、ないと思っていた……。

そんな私だったが、数年後に新たな出会いがあり、恋をした。そして後に結婚をした。優しく爽やかな彼は、今も心は青年のような人である。だが自称「湘南ボーイ」の彼も、70歳を超えた現在は、少し頭頂部が寂しくなったおじさんになってしまった。

私はいつしかKのことを思い出すことなどなくなっていた。過去にあれほど傷ついた出来事だったのに、Y子からの電話で、過去のことを思い出す私だったが不思議にモノクロ写真のように感じられた。何の色もない思い出になっていたのだった。

むしろ60歳を目前にし若くしてこの世を去って行ったKに、哀れみを感じた。

私の青春。幼稚だった私が知らない世界にのめり込み、思い切り傷ついてきたから、日常の幸せが今は心に沁みる。

平凡だけど……

休日の朝　夫の86度でゆっくりいれるドリップコーヒーは　少し酸味のあるマンデリン
午後のオヤツは少しのクッキーに　私のいれる紅茶は高温のファストボイリングウォーター（冷水から沸かした湯で、沸騰直後の空気を多く含んだもの）でいれるダージリンティー
夜は香りのある白ワインは高価でなくて良いの　シャルドネが好き
何の変哲もない日常の幸せ
こんな小さな日常の積み重ねで　人生が過ぎて行く

家にあるサロンは私の仕事場
スタッフの出勤前に私が必ずカーテンと窓を開け　朝の新鮮な空気と朝日を

いっぱい入れて準備をする
テーブルにはお花を飾り気持ち良い環境作り　それも私の大切な仕事
朝はスタッフ達と笑顔で「おはようございます」って挨拶を交わす
お茶をいれて貰い、ちょっと夫の悪口なんか言い合って大笑いする
さぁ！　サロンオープンの時間
お客様のご来店
サロンでまたお客様と
他愛もない話をして楽しく過ごす
背伸びもせず　ありのままの私
たまに踵をあげる事はあるけれど
無理せず自分らしく生きる……
こんな日々の積み重ねで
人生が過ぎて行く
子供が巣立ち夫と2人の生活

アウトドア派の夫
お家が大好きで　お料理が大好きな私
お花も欠かさない！
まずは仏様　ガラスの大きなダイニングテーブル　洗面所　お家をお花だらけにする
するとそれだけで嬉しくなる私
2人の趣味も興味も違うけど……
朝食の時のコーヒーと
夕食のワインだけは意気投合
その日あった他愛もない話を　ワインを飲みながらする
そんな風に日常の積み重ねで　何十年も一緒に人生を過ごしてきた
私の生きた証し……
あなたと人生を歩いてきた証し……

人はこれを「幸せな人生」って言うのかも知れない

カウンセラー

私は40歳を迎えた時に化粧品販売の仕事に区切りをつけ、何年振りかの専業主婦に戻ったが、数ヵ月もしないで時間をもてあますようになった。仕事を持ち3人の子供を育てながら家事をして来た私は、ゆっくりこなすことより要領よく時短で済ます習慣が身に付いていた。

夫は「少し家でノンビリ過ごしたら」と言うが、人生は有限である。私の何かしたい病は、益々大きくなっていったある日のこと、新聞折込の中から「子どもの心がみえますか」いうカルチャーセンターの講座を見つけた。もちろん我が子達のこともあったがその講座を極めて行けば子供の心理カウンセラーになれるかもしれないと、申込みもしてないのに、夢と目標が心に膨らんでいったのである。

講座初日、一番前の席に座り学生気分で大学ノートを広げ、ホワイトボードには何も書かない先生のお話を、聞き逃すまいと一生懸命にノートを取った。講座が終わり帰ろうとすると、先生に呼び止められた。「君はずーっとノートを取っていたようだが何故そんなに書き残そうとするのかね。頭で理解しようと聞いていた事は、心には何も響かないものですよ」と言われた。私はこの先、心理カウンセラーの資格が取りたいと思っていることと、どうしたら資格習得ができるかを初対面の先生に質問をした。

その時は恥ずかしげもなく「カウンセラーになりたい」などと言った私だったが、後に勲章を受賞するほどの先生であることや、本もたくさん出版されている先生だったことを知った。先生は「カウンセラーを目指すならカウンセラー研究生の8期生に入りなさい。今、研究生は入れてないが、君は良いよ。すぐ入りなさい」とその場で特別に、心理カウンセラー研究生の8期生として勉強をさせてもらうことになった。

実際に先生の臨床カウンセリングを見て、レポートの提出が必要であるということなども教えてくださった。そのレポートが合格点に達したら1単位がもらえ、さらに別の単位を取らなくてはならなかった。実際のカウンセラーになることは長い道のりだが、レポートの提出で初級カウンセラーの資格が取れることを知った。

私は講座も8期生の研究会も休まず参加して、色んな苦しみの中にいるクライアントと先生との臨床カウンセリングを、勉強させて頂いた。だが先生の臨床カウンセリングは、簡単にレポートを書けるような内容ではなかった。人の深い苦しみは、カウンセラーに一度や二度カウンセリングをして貰ったところで、その苦しみから解放されたり未来に歩み出せるようなものではないことを知った。私は先生の仰る「傾聴する　共感する」と言うことを少しずつ肌で感じていった。深い悲しみや苦しみに、もがいている人達は社会通念や常識、何が正しいとか、こうあるべきなどに囚われていて、息をすることさえ苦しく、心が窒息しそうになっている人が多いことも知った。

先生は私達に「カウンセラーを目指す君たちが、まず自分自身のメンタルバンドを外しなさい」と、苦しむクライアントと向き合っていくには、カウンセラー自身が心を縛っている常識や世間体、女だから、男だからというような概念を捨て去ること、自分の心を解放して自由に考えられ、自由に羽ばたける自分になることが、大切だと教えてくださった。私にとっては先生から学んだ「心の解放や心に掛けているバンドを外して、自由に生きる」という言葉は、後の私の生き方に大きく影響している。

私は古い考えの祖父母のいる家庭に育ち、判断基準がほぼ常識や慣習の中で躾られてきたと思う。

私自身、若い20代の頃に何回か、訳の分からない鬱にかかり通院をしたことがあった。悲しみのドン底に落ちて行く自分が、何故こんなに悲しいのか苦しいのか分からずにいた。病院にも行った。神経内科の医師は私に脳の図を見せながら「ここが敏感になってくると、人より過剰に色んなことを感じてしまう……。体質もありますね」というようなことを言い、良く眠れるという薬を処方してくれた。

もしあの時に私の心に寄り添って、本当の苦しみを共感してくれるカウンセラーに出会えていたら。私の悲しみや絶望感を受け止めてくれるカウンセラーが身近にいてくれたら。私はもっと早くエネルギーが湧き、立ち直ることができたのではないかと思った。

先生の臨床カウンセリングで学んだことの中で、心に響いたのは「人は何かに囚われていて、抜け出すことができない」。そんな時は同じことを何回も何十回も何百回も、繰り返し傾聴してもらうことが必要である。カウンセリングの度に共感をしてもらい、心の奥の叫びを吐き出していくことで、心が軽くなるものである。その結果、エネルギーで心が満たされ、一人で歩き出す勇気さえも湧いてくるということだった。

私はできることなら、そんな人に寄り添える、愛のあるカウンセラーになりたいと思っていた。8期生の研究生としてレポートも提出し、何単位か修得もしたが、カウンセラーになる事はできなかった……。

しかし何と！　私はダイアナのプロポーションカウンセラーと言う資格を習得して30年。70代の今も現役でほぼ毎日カウンセリングをしている。

大好きなこの仕事の根底には、偶然見つけた「子供の心が見えますか」の講座で出会ったM先生の教えがある。「私の一生の師」であるM先生の一言一言は、私の心の中の灯台として、輝き続けている。

この思い

心にギュウギュウに詰まっているこの思い
吐き出せないもどかしさ
私は心を軽くしたいのに
この思いの言葉が見つからない

あなたは自由

人生に正解なんてないのです
自分の心があなたにとっての正解なのです
あなたの人生はあなたが主役
誰もあなたの心をジャッジすることなんかできないのです
あなたは自由
あなたの舞台は主役のあなたが決める
あなたは自由

愛犬チョコ日記

2020年4月27日「夢」
チョコが亡くなり19日経つ。
今朝は初めてチョコの夢をみた。
まだ幼かった頃のチョコ。
手の平に乗る小鳥位のチョコ、毛の色は濃いブラウン。
夢の中のチョコは私とお揃いの白地にブルーのストライプのドレスを着て
甘えん坊チョコは私に「ママ抱っこ抱っこ」とまん丸の目をして足元にいた。

2020年4月28日「旅立ち」
20日前の4月8日のお月さまの美しいスーパームーンの日チョコは逝ってしまった。

私の腕の中で最期スポイトの水を飲んだ。

もう目を開ける力もないチョコなのに、抱っこの大好きなチョコは私の腕で満足そうに静かに息をしていた。

最近は立つ事も歩く事も大変そうだった前足を摩ってあげながら……。

「チョコちゃん眠いの？」

「もうすぐパパがチョコちゃんただいまーって帰って来るからネンネしないで待っていようネ」と話しかけていた。

私が話しかけなかったらチョコの息が止まってしまいそうで怖かった。

ヤケに静かな夜だった。

急いで帰って来た夫はチョコを抱きあげて「チョコちゃんただいま。パパだよ」

するとパパに抱かれながらオシッコをした……。

それが最期だった。

その1時間ほど前の夕方、サロンのナミちゃんとカナエちゃんに交代で抱っこされ、家の周りをグルっとお散歩した。

いつもオヤツを貰ったりお泊まりしたり、可愛がって貰ったチョコ。

帰り際に「チョコちゃん又明日ね」と言う2人の声に応えようとしてか、一生懸命に目を開けようとしていたチョコ……。

2人と会えた最後だった。


私の心はチョコの死を失った悲しみというより、いつか来ると思っていた現実が今起きている事を、静かに受け止めようとした。

2020年5月8日
今日でチョコが亡くなって1ヵ月が経った。
まだ私の中ではチョコのいない実感がない!
いつものように今朝の6時半、私達に「ママ起きてよ〜」と起こしに来たような気がする。まだチョコは我が家にいるのだと思った。お家が大好きだったチョコだから……。

2020年5月9日
火葬の日から1ヵ月。
何だか悲しい。
だんだん衰えてきて立ち上がれなくなって来た時の哀願するような目が浮かんで来る。

2020年5月18日
テレビで再放送の洋画を見た。
主人公である夫は、自分が既に亡くなっていることが分からずにいた。
普通に妻に話しかけたり、抱擁をしようとしたりするが、無視される事に苦しむ夫。
最後になり、夫は自分の命が消えていた現実に気付く……。
哀しい映画だった。
チョコも洋画の主人公のように自分が亡くなったことに気付いていないと思った。

2020年5月20日
ちぃちゃなチョコが、高ーいドアを見て「私も連れて行ってよ。ひとりぼっちにしないでママー。お留守番いやー」と泣いている。
そんな姿が目に浮かぶ。
いつもいつも一緒だった。一番嫌いなのは『ひとりぼっち』
今天国で誰かと　いっしょっこしてる？　寂しくない？
ママは寂しい……。

2020年5月30日
朝チョコが踏み台にちょこんと座っていた。

ドレッサーでお化粧をしている私の隣で、窓から外を眺めていた。

サロンに出勤するナミちゃんを発見して、嬉しそうに「ナミちゃーん」と呼んでいた。

亡くなってからのチョコは、いつの間にか夢に出てくる時にはちゃんとお話しするようになっていた。

生前チョコは、本当に私達と話をしたかった気がする。
あの童話の人魚姫のように……。

パリの出来事

もう随分昔のことであるが、サロンの皆さんと一緒に、会社ご招待の海外旅行でパリに行った。確か10人位だったたと思う。

滞在中はセーヌ川、凱旋門、ベルサイユ宮殿、オペラ座と観光をして歩き、気分はすっかりパリジェンヌの乙女達！

この時の旅で忘れられない出来事が幾つかあった。まずオペラ座の近くのレストランで食事をした時の事である。そのレストランでテーブル担当のギャルソンの人が、どういう訳か私を気に入ったらしく、呼びもしないのにテーブルに来る。それも何度も私のすぐ側に張り付くように来ては、いつの間にか「マイリトルバード」とか呼び始めたのである。離れたかと思うと私と目が合うような位置から、ウィンクしたり色んなジェスチャーでアピールするのだった。途中からは「リトルバードを懐に入れて自分の家に連れて帰りたい」的なことを、英語で何度も言うのである。さすがに私も下手な英語で「私には、日本に夫がいるので、帰らなくてはならないの」と一生懸命に断った。風習が違うせいか私に頬ずりをしようとするわ、ハグをしようとするわ、手をとりキスをするわ。私は逃げながら「ハズバンドが……」と繰り返したのだった。今考えるとフランス人特有のユーモアだったのかもしれないが、日本に帰ると暫くサロンでは「リトルバード」と皆に呼ばれていたのである。

このマイリトルバードも楽しい出来事だったが、今考えても怖い出来事もあった。

パーティーが終わりそれぞれの部屋に戻ろうと、ホテルのエレベーター前で大勢で待っていた時である。一緒に行った1人が「チーフ、チーフ」と蚊の鳴くような声で私を呼ぶのだった。「なぁに?」と言う私に「お財布、お財布」と繰り返して言っていた。「エッー、お財布はここにあるわよ」とショルダーバックを確かめると何と、お財布がない。「ないわ~!」と、大きな声で叫ぶ私に「チーフ、あの男が……」と指し示す方を見るとアラブ系の大きな男性2人が、足早に立ち去ろうとしていた。私は咄嗟に追いかけて行き、その男性の1人の腕を掴み

「私のお財布を返して」と言った。すると男は、着ているコートのポケットに手を入れたまま大袈裟にコートを広げて見せた。ポケットなどを探したが、私のお財布はなかった。心のなかでは（マズイ、本当になかったらどうしよう）と思う私だったが、何とコートを広げて見せる時に私のお財布を上手に隠し持っていたのである。幸運にも、それを発見することができたのだ。ホッとした私に「ソーリー」と言い、いとも簡単にお財布を私に返してサッサと立ち去って行った。

同じパーティーに出ていた色んな方達に「大丈夫ですか？　良かったですね」と言われた矢先、一件落着かと思っていたら、私を皆で取り囲んで見ていて、気を取られている間に、何人かの方達がスリに遭ってしまったのである。全く気付かずにお財布を盗まれていたのだ。その男達はグルだったことが後からホテル側の情報で知った。私はオトリだったようだ。

夜になりホテルの部屋でくつろいでいる時に、急に自分のとった行動が何と無謀だったのかと身震いした。もしその犯人がピストルでも携帯していたら……。ナイフでも出してきたら……。色んなことが脳裏をよぎった。

怒りでボディーチェックしたわたし
コートのウラにはさんでいた
さわさわ
ハハ バレたか…
ソーリー

数日の滞在をして、日本に戻り自宅でホテルでの出来事を家族に話したら夫には「何て怖い事をするのママは。お財布なんか戻らなくても良いじゃないの。もし大怪我でもしたら取り返しが付かないでしょ」と怒られるわ、子供達には「さすがお母さんだね。他人のお財布が盗られても、きっと追いかけるでしょ」と茶化されるわ、リトルバードにとっては、大変なパリの旅だったのです。

海外では日本と違いバッグでも何でも手を離してはいけない、物騒な国が多いので気をつけてと添乗員さんには常に言われていた。パリなんて素敵なイメージしかなかったのに、ベルサイユ宮殿でも、ルーブル美術館でも添乗員さんは「スリが多いので、リュックは背中に背負わずに前に抱えて、目の届く位置にしてください」と私達に注意を呼びかける。リュックを背中に背負っていると、ナイフで切られ知らない間に盗難に遭う事もあると聞いた。

皆さんも旅に出る時には、くれぐれもご注意を。

娘のこと

テレビの旅番組に娘夫婦が出演した！

娘の夫がホウキギターとやらを考えついて、ホウキやハタキ、チリ取りなどを音が出るように改造制作した楽器である（楽器と言って良いのか？・）。そのユニークな取り組みが制作者の目に留まって、出演する運びとなったのだ。

テレビの力は凄い！　すぐに問い合わせが何件かあったらしい。

この楽器とやらで数年前には『題名のない音楽会』（毎週土曜10時〜テレビ朝日系列）に応募して夫婦で出演することができた。何とそこで優勝を頂き審査員の方々から「感動した」とか、又オペラ歌手の方など涙声で「コレは世界にドンドン出て行けると思います」などと身に余るような賛美の声を頂戴して観客席にいた私まで嬉しくて自分が褒められているような気分になるほどだった。

その後本当にお声がかかり、ニューヨークに2週間ほど滞在して演奏発表をして来たが、その後すぐに新型コロナウィルス感染症の蔓延で、身動きができない日々が続いてしまうことになった。個人事業の娘夫婦には厳しい数年であったと思う。

やっとコロナ禍も収束に向かいつつある今、テレビ出演させて頂いたことは有り難い事である。私もつい、知り合いの皆さんに見て頂けるように連絡をしたという、親バカ振りを発揮してしまった。

その数日後の春分の日に、孫の2歳の誕生日も近いのでプレゼントを持って、娘夫婦の家を訪ねた。孫のプレゼントはスイッチを押すと自動でシャボン玉が出るオモチャにした。そのシャボン玉で遊ぶ為に家族皆で近くの公園に行った。桜も7分咲きの暖かい日和の桜の下で、楽しそうに食事したりお茶してる人、駆け回っている子供達などで賑わっていた。皆が春を満喫しているように見えた。今流行りのキッチンカーなども出ていた。孫も初シャボン玉に大喜びして、走り回っていた。

暫く遊んだ後に娘が「お父さん、お団子食べたい。ユー君も食べたいと思う。

アソコのお団子買って来てよ」と言い、指を差す方を見ると、お団子屋には十数人も並んでいる。夫は可愛い孫と可愛い娘の言う事には即行動。その列に並んでサクラアンの団子を買って来た。皆で空いているベンチを探し休憩を取る事にした。娘はベンチにお利口さんに座った孫に「はーいお団子よ。アーン」とお団子を大き目にちぎり口に放り込み又「アーン」と言いながらサクラアンを指先で取り、口の中のお団子にナスリ付けたのだった。私はお団子が喉に詰まらないかを心配して「大き過ぎじゃないの？　飲み込めるの？」と娘に言うと「だいじょうぶよ～。ハイ、モグモグ」と咀嚼を促すのだった。何と大雑把な！

だが心配をよそに、孫はちゃんとモグモグして飲み込みニコニコして、又口に入れて貰っているのだった。私は心の中でハラハラしていたが、子供は神経質になるより、これ位大雑把で育てても良いのかもしれないと思った。

充分遊んだ後に公園の帰り道、ゆっくり歩いていると、小さな孫にとっては上に咲いている桜より、道端に咲く雑草の小さなお花の方が目に入るのか「キレイね、キレイね」としゃがみ込み、何度も足を止めてその小さなお花を摘んで「ママ、はい。バァバ、はい」と言って差し出すのだった。チューリップを見つけると一層喜ぶ孫に、娘はチューリップを楽しそうに歌ってあげていた。

遠い昔のまだ娘は2、3歳。私が専業主婦をしていた頃のことを思い出した。お天気が良いと娘と2人で、近くの道をアチコチお散歩をした。娘はお散歩すると必ず道端に咲く花を見つけ、その花を摘んで帰り、小さな空き瓶などに差して2人で喜んだものだった。会社からパパが帰って来ると、お散歩の事やお花摘みをした事などを話す、オシャマでおしゃべりだった娘の姿は忘れられない。

時はあっという間に過ぎ、大学生になった娘。大学が決まった時には女の子だからと、セキュリティのしっかりした賃貸マンションを探した。引っ越しの日は3人一緒に家を出て、当面必要な物を揃えてあげた。初めて親元を離れ一人暮らしをする娘が、心配でたまらなかったが「私大丈夫だから」「暫く忙しいと思うから、家には電話はしないと思うけど……」と強がる娘の言葉を後にし、帰路についた。ベランダから手を振る娘に笑顔で返したものの、中央道を走る車の中では私も夫も寡黙だった。

双葉のサービスエリアで休憩を取っている時に、目の前を小さな可愛いリボンを付けた2～3歳位の女の子が、アイスを手に持ち通り過ぎた。ボーっとその子を目で追っていたら、その姿が幼かった頃の娘と重なり、涙がポロポロ出てきた。可愛くて可愛いくて「大きくなーるな」と言っていた私、その娘が、私の手元から離れ一人暮らしをする。希望する美大に入って新生活を始める。本当は喜ぶ事なのに。

何だろう。このポッカリ空いた穴は、この空っぽな心は……。

あれから何十年か経て、今はその娘が母になったのだ。

3時頃になり孫がお昼寝の時間になったので、私達は退散することにした。

「バイバーイ、バイバーイ」と、見えなくなるまで手を振る孫と娘夫婦。

帰りの車で助手席に座った私は、何故かタメ息が出た。「いくら親子であっても、家庭を持って生活している子供達には、たまに会うから良いのかもしれないわね」「それに相変わらずマイコは大雑把なんだから……」と呟く私。

そんな母としての私の思いを、夫は分かってか「お花を摘んだり『お花キレイー』というユー君にお歌を歌ってあげたり、道端の小さなお花を家に持って帰り大切に飾ってあげるマイコには、大切に育てたママの魂がチャンと宿っていると思うよ」と言うのであった。

もちろん今回の双葉サービスエリアでは涙は出ませんでしたよ！

勘違いの私

私って思い込みが激しい上に、結構おっちょこちょいなのです。色んな方には落ち着いて見えるようだが、身近な人には少し呆れられているかもしれないという私の下らない話を、流す程度にお読みください。

その1
ある日の事、夫と夕食の買い物に出かけた。私は助手席に乗ると景色だけでなく、信号待ちの時などは目の前を通る女性達も、ついウォッチングしてしまう。娘が一緒だと私が目の前の女性を見ていると怒られる。「お母さん又車の前を通り過ぎる人の、ウエストとか体重を目で測っているでしょ？　職業病よ」と。「仕方ないわよ。女性ばかりの身体を測り続けて早30年。職業病の何が悪い」と心の中で反論する私。今日は夫だけなので、何も言われない。

ノンビリ景色を見ていると、スーパーの手前の回転寿司の店では、客寄せの為のノボリがはためいていた。そのノボリのひとつに「ちんま」というのがあった。夫に「ねぇねえ。このお寿司屋さんには『ちんま』ってお寿司があるみたいよ。私達の知らない魚ね」と言うと、夫は運転しながらノボリをチラッと見て大笑いするのだった。

大笑いする夫にムカッときて「何が可笑しいの」と怒り気味の私。「ママ、秋刀魚だよ。ノボリが風で反転してるのに、『さんま』の『さ』を『ち』って、読むからだよ」。やっとノボリの意味を納得した私だった。

スーパーに到着して2人で買い物カゴをさげて食材を見ていたら、鮮魚売り場で「ママ今夜の夕食は『ちんまの塩焼き』にしようか」と言う夫。その話は子供達に伝わり、我が家で秋刀魚は「ちんま」と呼ばれることになってしまった。

ちんま
ちんまって
どんな魚かしら…

その2

畑の跡地に広大な百貨店ができた。車は2千台は優に止められる。たくさんのお店が入っていて便利で何でも揃う。食料品、衣類、寝具、電化製品……。

子供の引っ越しの時の事であるが、電化製品を揃える為その百貨店の中にある、ヤマ○電機さんに皆と行った。欲しい物を決めて、同じ物を引っ越し先の地にあるヤマ○電機さんから届けて貰えるか聞いた。

私の質問に何故か店員さんが、怪訝そうな顔をしている。私は「ここのヤマ○電機ベス○店さんで購入して、近くのヤマ○電機さんから届けて貰うことってできますか?」と言う私。

店員さんは「ウチはヤマ○電機ベス○店でなく、ベス○電機なんですが……」やっと私は事が呑み込めた。ヤマ○電機とベス○店は全く別の電機店であり、ヤマ○電機とは関係なかったのだ。私は勝手に○○電機△△支店と勘違いしていたのだ。夫と子供はもう呆れ顔で黙っていた。

その後何年か経ったある年に驚いたことに、何とベス○電機はヤマ○電機に吸収合併されたのだった。

私の呆れた勘違いは、現実のことになってしまった。「ベス〇電機さん、ゴメンなさい！」

その3
私の店に来られた男性のお客様で「チーフ、僕が太った原因はコンビニエンスストアのFチキなんですよ。美味しくて、つい太ると分かりながら帰りに毎日寄り道して買ってしまう。その結果が今の僕ですよ」。そんな話を聞いた。私は何故太るかは、そのチキンのせいではなく食事のバランスや摂り方だという事を話し簡単なダイエット指導をした。
ある日コンビニエンスストアの前を通った時に、その男性の話が頭をよぎった。太るほど美味しいFチキとやらを食べてみたくなり、店に入った。「スミマセンがFチキありますか？」と店員さんに聞いた。その店員さんは「ウチ、Fチキはないですよ。Nチキならありますが」。まだ分からず「Fチキが美味しいと聞いたので、Nチキの方でなくFチキをください」と言った私（何と失礼な奴か！）。

その後やっと名前の意味が分かり赤面しながら、Nチキを買い求めました。

その4

私は好奇心旺盛なのか、ドライブしていて周囲の街並みや景色やお店など、よく覚えている。

超一流の方向音痴なので道は全く覚えられないが、この景色は一度見た事があるとか、このお店は○○屋さんなどと視覚で判断する私。そんな私を、夫は感心し「よく色んな店の看板など覚えているね」と言う。

色んな事に興味があり、車でなくても常にキョロキョロしてしまうのだと思う。だからよく転ぶのです。数年前は目の前の女性の容姿に気をとられ「可愛いのに、もう少し脚が細かったら完璧だわ。勿体ないなー」と心で呟き、その女性を見ていた、その時です。ドテッっと車止めにつまずき、買い物した物が宙に舞った。案の定、右手を思い切り突いて小指骨折。2泊3日の入院で指の付け根にピンを打ち、5週間の怪我をした私でした。

翌年はまた、ある講座終了後に車に乗る前に、先生に挨拶しようとしたその時、またもや車止めにつまずき今度は顔を強打。唇を思い切り歯で噛み血がダラダラと出たうえに、顔はズル剥け！　3週間位腫れが引かず酷い顔。その腫れてタラコのような唇と擦り傷だらけの顔は珍しいと思い記念に？　つい自撮りした私です。今は転んでも、呆れられ「チーフ又」と言うだけで、誰も労わってくれなくなった。

その5

子供の友達の家にお邪魔した。丁度オヤツの時間だったのでお気遣い頂き、大きな丼で茶碗蒸しを出してくださった。皆でワイワイとスプーンで取り分けながら、おしゃべりも弾み楽しいひと時を過ごした。

私も家族が喜ぶ顔が見たいと思い、取り分けられる茶碗蒸しを作ろうと張り切った。器はどれにしようかと食器棚を物色していた時に、何と素敵なサラダ用クリスタルの器が目に入った。ルンルンしながら「ママーこの茶碗蒸し美味しそう」と家族の喜ぶ顔がうかんだ。

結果は、皆さんお分かりですよね。そうです、ワクワクと蒸し器の蓋を開けてみたらエビや椎茸、銀杏が蒸し器の中でキラキラしたガラスと共に光っていた。

夫の母からもらったサラダ用クリスタルの器はコッパ微塵になって輝いていた。

私の心も、コッパ微塵になったのだった。でもこんなことは家族に見せられないと思い、サッサと片付けて何もなかったように夕食作りをした私でした。

金木犀の花

娘の住んでいる近くに広い公園があり、そこに大きな金木犀の木がある。その金木犀は秋になると美しく咲き誇り、公園中が甘い香りに包まれる。散った花達は地面を橙色の絨毯のようにする。私はその金木犀が見たくて、その頃になると娘の所に行く。金木犀は美しいだけでなく、その甘酸っぱい香りと共に、いつも蘇ってくる思い出がある。

高校に入学したばかりの頃の私は、英語の授業が一番好きだった。授業の中でも先生が英語で歌う「エーデルワイス」は特に大好きだった。担任でもあったT先生は、英語の授業中よく歌ってくれた。透き通るような歌声だった。女子高だったせいか生徒達は「先生の歌は何度聞いてもウットリです。もう歌だけで満足なので、今日の英語の授業は先生の歌だけにしてくださーい」なんて言ったり、ツツジで有名な公園が近くにあったので「今日の授業は野外授業でつつじが丘公園に行きましょうよ。そこで、またエーデルワイスを歌ってください」とか、結構色んな事を口々に言っては、先生を困らせていた。

大学を卒業したばかりでT先生は、私達1年の担任になった。先生は確か23歳だったと思う。16歳の私達にとって、お兄さんのような存在だった。背が高く細身でメガネをかけた彫りの深い顔の先生だった。

私は先生の歌を聞きながら、いつも校庭を眺めていた。すると不思議なことに、心に色んなことが浮かんで来るので、いつもコソコソと書き留めていた。元々私は日記を付けたり手紙を書いたりするのが好きで、一番の愛読書が国語の辞書だった位である。そんな私が詩を書く事に目覚めたのも、その頃だったと思う。詩の本もたくさん読んだ。私はいつも肌身離さず国語辞典を持ち歩いていた。パラパラとめくっていると色んな単語との出会いもあった。

T先生には「コラっ！　ミユキはまた国語辞典を見ているな。今は何の授業だ？」と注意されたことも何度かあった。でもどうしても見たいと机の下で見ていた。

放課後のある日、T先生に呼び止められた。「ミユキおまえは休み時間だけでなく授業中にも、外を見ていたかと思うとパラパラ辞書をめくり一生懸命ノートに何か書いたりしているな」「何を書いているんだ。詩でも書いているのか？」と聞かれた。私は心の中で（先生にはバレていた。あー叱られるかも）と思ったが意外にも「僕も詩が好きで書いているよ。もう大学ノート何冊になったかなぁー」と言うのだった。私はその日から先生の歌だけでなく先生の詩に興味を持った。そして無性に先生の詩を見たいと思ったのだ。

今も変わらない私かもしれないが、思った事はすぐ口に出して行動する方だったので、今度は私が、放課後職員室から出て来た先生に勇気を出して「先生、私の詩を見てください。それと……。先生の詩も見せてください」と自分の詩の書いてあるノートを差し出した。先生はアッサリと受け取り、笑顔で「ありがとう。ミユキの詩、読ませて貰うね」と私のノートを抱えて去って行ったのだった。

昔々の事なので記憶は定かではないのだが……。

私の勝手な行動だったのか？　先生に誘われたのか？　高校の近くの先生の下宿に遊びに行った事がある。今だったら大問題になっていたかもしれないと思った。

その時、先生に読んで貰う為に渡した詩にも書いてあった金木犀の花が、丁度自宅の裏庭に咲いていた。その枝をひと枝折って先生の下宿に持って行った。先生は小瓶に花を生け、机に置いてくれた。下宿のおばさんが、お茶を出してくださった事も思い出す。まだ高校1年だった私は、お茶を出された事も先生と話している自分も、少し大人になった気がした。

先生の大学ノートは黄色の表紙だった。そこにはたくさんの詩や、色鉛筆のスケッチも描かれていた。多分、恋の詩かもしれないと思うものもあった。私はそんな詩に気付かないフリをして「先生の詩はスケッチ付きですね。私も絵付きの詩にしようかなー」とか、他愛のない話をした記憶がある。その時の私は先生と2人の秘密を持ったような気がして、心臓がドキドキした。その後暫くは何を食べても、何の味もしなくなっていた事を思い出す。先生の下宿に行ったのはその時の一度だけだった。残念な事に先生はその年の3学期に、体調を崩し入院してしまい担任もおりてしまった。
私達が高校卒業の頃は先生は他の高校に赴任されていた。

その後十数年経ち、T先生のクラスで一緒だったユウコから、久しぶりに仲良しグループの6人で、T先生を囲んで食事をしようと誘われて参加した。その時の自分の服装だけを何故かよく覚えている。白い細身のパンツに襟は黄色の青いポロシャツを着て行った。他の友達や先生などの服装も、誰一人覚えていないのに不思議だった。

久々に会うT先生にドキドキしていた。少しアルコールも入った頃、ユウコが「先生ったら私の名前や今日参加のみんなの名前を言っても思い出さないで、ミユキって言ったら、すぐ分かったのよ!」と不満そうに先生を少し睨みながら言った。私を憶えていてくださったという事に、心が少し明るくなった（その時私は人生の迷い道にいた）。

私が化粧室に行った時の事だった。皆の所に戻ろうとした時に丁度先生が入口に入って来た。「アッ先生」と言った私だったが、それ以上の言葉は見つからなかった。

先生は急に私を黙ったまま、ギュッとハグしたのだった。するとそこに「何してるの、2人共。ミユキが遅いから心配で見に来たわよ」と少し呆れたような、怒り気味な口調でユウコが近づいて来た。

結局先生とは何も話さずに終わった。

庭の金木犀の花をひと枝先生に差し出したあの時の私の青春。甘酸っぱい香りの思い出。淡く幼い恋だったのかもしれない。聞くところによるとT先生は、私達の2級上の生徒と結婚をされていたそうだった。

あれから何十年も経つのに、時々T先生をエーデルワイスの歌と共に思い出す。

ジグソーパズル

私の心はジグソーパズル
この私の思いをひとつひとつ言葉のピースを心の枠に当ててみる
コレじゃない
コレでもない
私の持っている言葉のピースを端から当ててみているのに

何処かになくしてきたのだろうか
何処かに置いて来てしまったのか
見つからない言葉のピース
こんな私では今は何も伝えられない

完成しない
私のジグソーパズル

キャンディの旅立ち

突然その日はやってきた。

犬のクッシング症候群を発症していた愛犬キャンディ（8歳）は、5月26日の早朝、私のベッドから自ら降りてバタッと倒れ、何回かの嘔吐を繰り返した。「ママ助けて、苦しいよ」。そんな哀願するような目で私を見るキャンディ。

慌てて夫の運転で病院に向かった。車の中で身体中を摩りながら「キャンちゃん、元気になったらおやつを食べようね。大好きなマリちゃんが『キャンちゃ～ん』ってもうすぐ来るから頑張ろうね」と、色んな言葉を投げかけながら生きる力を持つことを祈った。

3人の医師のテキパキした最善の処置。キャンディは集中治療室に入れられ、私達は一旦自宅に帰った。その時のキャンディは、集中治療室から「ママー、キャンちゃんを1人にしないで、おいて行かないでよー」と哀願するように私を見つめていた。祈った。元気なキャンディが家に又戻れることを、祈るしかできなかった。

午後になり医師から電話がかかってきた。私と夫は大急ぎで病院に向かった。生きているキャンディを抱きしめたい。その願いも虚しく午後1時半、キャンディはひとり旅立ってしまった。外はドシャ降りの雨だった。別れの涙のように思えた。病気を発症してからどんどん筋力が落ち、最近は排便も辛そうだった。いつの日か介護をするような日が来るもしれない。そんなに長くは生きられないかもしれない。心のどこかで思うことはあったけれど、前日まで元気だったから、その日が突然来るとは思ってもいなかった。

毎日4時半には起きてしまうキャンディを、散歩に連れて行く日が続いていた。寝不足がつのり血圧が上がってしまったり、常に頭痛がしたり体調を崩し始めていた私。可愛いから続けられた日々。そんな私の体調を察してキャンディはひとりで旅立ってしまったような気がした。最後に私にくれたキャンディの愛。それは先に天国に旅立つことだったように感じられた。無邪気で可愛かったキャンディ。ありがとう。

「天国にいるキャンディへ」

あなたが我が家の家族になったのは、生後2ヵ月、450グラムの小さなプードルの赤ちゃんでした。黒豆のようなキラキラした瞳が可愛かった。キャンちゃんは食いしん坊でママが台所にいると、ずーっと張り付いて、何かちょうだいって顔をしたり、背筋を伸ばし凛とした姿勢でお座りして「良い子でしょママ」ってアピールしたりして、おねだりしてました。可愛いキャンちゃんを抱っこしながら「キャンちゃんね　キャンディーっていうんだ　本当はねって、よく歌ったわね」。

そうそう、それとお洋服が大嫌いなキャンちゃんはママが「キャンちゃん今日は、どのお洋服にする?」とタンスを探していると、必ずソファの下に潜ったり、ガラステーブルの下に隠れたり。でもママには見えていたのよ。「キャンちゃんがいないー」と探すフリをすると息をひそめて、見つからないようにしてたわね。最後は必ず見つかってしまい、諦めてママの着せる洋服を着てたわね。また内弁慶で臆病だったキャンちゃんは、お散歩の時に時々会う、近くに住んでいた猫のクウちゃんはキャンちゃんよりずーっと身体が大きかったので怖かったのよね。道路にいるクウちゃんに気付かないフリをして、進路変更をして、又お散歩を続けていたわね。可笑しかった〜。

「キャンちゃんの不思議な引きこもり」

2月と8月になると大好きな羊のぬいぐるみのメイちゃんを、口にくわえお散歩用のバギーに入りたがったり、サロンの高い棚に置いてある段ボールに目をやり、「アソコに入りたいよ〜」って訴えるので段ボールに入れてあげたりしたね。バギーや段ボールで静かにメイちゃんを抱きしめていたね。毎回1週間位続いた引きこもり。獣医さんにお聞きしたら「キャンディは健康なワンちゃんだから、想像妊娠だと思いますよ」と言われママは納得したわよ。だんだん引きこもる時の赤ちゃんは増えていって、始めは羊のメイちゃんだけ、次は小さなぬいぐるみのリスの赤ちゃん、最後は目の付いたピュッピュッとなる黄色のボール。

2月は湯たんぽを入れてあげたり、8月は脱水にならないように「ルームサービスのお水とオヤツよー」って届けてあげたり、まるで産後の子供のお世話をしていたような楽しい時間だったわ。そんなキャンちゃんが家族になってから、たった8年で天国に行ってしまうなんて。病院の集中治療室で、ひとり静かに息を引き取ってしまうなんて。

ママはこの腕で抱きしめたまま天国に送りたかった！

ごめんね、キャンディ。寂しかったね、キャンディ。

あなたは旅立つ3日前に、リビングの階段を5段上った踊り場で、立ち止まって振り返り、ママを見てたわね。「キャンちゃん、どうしたの？　オヤツかな」と言って写真を撮りました。後から写真を見たらキャンちゃんの目は、涙でいっぱいだった事に、気が付きました。旅立つ事をまるでわかっていたかのように。

ごめんねキャンディ。

キャンちゃん、ママが天国に行くまで待っててね。ワンちゃん好きのサッちゃんから聞きましたよ。家族だった動物達は、天国の入り口にある虹の下で待っていてくれるはずと……。

ママやパパが行く時に虹の下で必ず待っていてね。約束ねキャンディ！

『あなたのママより』

不思議な力

次男は小さな頃から少し変わっていた。5歳のお誕生日のこと、「お誕生日のプレゼントは何が欲しい」と聞いて、デパートに連れて行くと、デパートのオモチャ売場には全く興味を示さずに、仏具売場に行きたがるのだった。仏像を見つけて買って欲しいと、ねだる息子が不思議で仕方ない私でした。もちろん買ってあげる事はなかった（今は大人になり自分で買って、仏像のペンダントをつけている）。

ある日、次男と買い物に一緒に行った時に知人に会った。普通に挨拶を交わし別れた。すると「お母さん、あの人の後ろに見えるオーラは、凄い濁った真っ黒な色をしていたよ。お母さん気をつけてね」と言うのだった。「エッ！　黒いオーラ？」。こんなことを言い始めた息子は、まだ小学校の5年生だった。

ぼくこれ欲しい!!
仏像を欲しがる5歳児

又「多分お母さんの守護霊だと思うけど、後ろにカナリアを肩に乗せたお爺さんが見える」と言ったり。「お兄ちゃんの後ろには、作務衣を着た人がいるよ」とか言ったかと思うと、夫がマラソンの練習をして帰って来た時に、急に腰が痛いと言い出した。すると息子は目を閉じて「お父さんは川沿いの草が生い茂っていて、石仏とかあった道を通ったでしょ。ちょっと背中を触らせて」と夫の背中をパンパン叩いた。すると夫は「アッ楽になってるよ」と言うのである。そんな事が続き私達家族は、息子には霊感が備わってきたのかもしれないと思い始めた。

高校生になった頃は益々その力に磨きがかかったように感じた。興味津々の私が「守護霊とか、どうやって見えるの？」と息子に聞くと「見えると言うより目を閉じて心を集中させると、額の辺りに目があるかのようにココに映像が浮かんでくるんだよ」と額を指して言うのだった。

ある日の夜、長男の友達のK君の父親が訪ねて来た。亡くなった母親の事を分かるだけで良いので、見て欲しいと言うのだった。息子は目を閉じて暫く静かに黙って、その方の母親が着ていたという洋服を手にしながら「その方は土を盛ったような暗い所にいて、そこが煩くていやだと言っています。そしてバナナを供えて欲しいと言っていますよ」と答えた。

その後もその方は会社のこと、家族や子供達のことなど、まだ高校生の次男に色んな相談に来られた。私は自分の子供のような年の子に、何故相談に来られるのか、お聞きしたことがある。するとその方は「自分の母親のお墓は母国の韓国にあり、最近お墓の側に高速道路ができて気になっていました。韓国の墓は土まんじゅうと言い、息子さんが見えたように土を盛った形が多いです。さらに、母はバナナが好きだったので、あまりにも信憑性がありビックリしました」と話しこれからも色んなことをみて欲しいと言われるのだった。

母親の私にとっては、まだ高校生の息子に会社経営の事など相談をして、大丈夫なのか心配だった。だが息子は普通の顔をして「分かるだけのことしか答えないし、それをどうするかは本人が判断する事だから」と言うのである。

これから起きるかもしれない危険な事なども感じるらしく、私が外出しようとすると「お母さん今日は特に、車の運転に気をつけてね」とか「お兄ちゃん自転車に乗る時は横を通る車には、特に注意してよ」と。その日かどうかは定かではないが、長男は車に接触されて事故に遭ってしまった。

やがて、次男は県外の大学に入り、親元を離れての一人暮らしが始まった。先に東京住まいをしていた長男や、その友達と遊んだりして兄弟仲良くやっていると聞いていたが、その霊感については、あまり話さなくなっていた。

何年か経ったある夜、長男が泣きながら電話をして来た。親友のK君が交通事故で亡くなったと言うのだった。雨の日の夜、バイクを運転していてトラックの後輪にひかれた。病院に運ばれたが、家族も間に合わずに、ひとり他界した。我が家に何度も遊びに来ていたK君。私も信じられなかった。ハキハキしたK君の笑顔が思い出された。長男と東京から一緒に車で帰って来て、我が家で食事した後、東京のアパートに帰る時に、長男が一緒に車に乗せて来て貰ったお礼にと、頂き物のレトルトカレーをあげたのが最期だった。「おばさんありがとう。また来ますね」と言った笑顔が、今も心に焼き付いている。婚約者もいて、卒業後の就職も決まっていたK君。どんなに本人も悔しかったかと思う。

次男は大学卒業後、希望していた映画の仕事に就いた。最初は映画の「ロケハン（ロケーション場所をハンティングすると言う意味らしい）」、ハードな仕事だったようだ。日本中を車で走り回り、東京〜岡山間を一睡もせずに、往復する事もあると聞いた。海外にもチームを組み、前乗りで行ってロケ場所を探したりすると言う。次男らしい仕事だと思った。

ノンフィクション作家の作品である、飛行機事故の映画の撮影が決まった時は、撮影が始まる前に一人でその事故現場の奥深い山に登り、慰霊塔にお参りして来たようだ。撮影が無事に終わるようにと、自分のできることをして来たのであろうと思った。

今の次男は、いつしか感じる全ての力を、自ら封じてしまったと聞いた。

K君が事故に遭った時、長男も次男も病院に駆けつけて行った。K君は病院に運ばれ、すぐに息子の電話番号を伝えたと聞いた。家族より先に駆けつけたが、身内でないということで会わせては貰えなかった。後から病院に駆けつけたご家族も、生きているK君には会うことができなかった。

K君の父親は、子供を失った悲しみにくれながら次男に「Kが事故に遭う前に何故、教えてくれなかったのか？」と次男を責めたのだ。悲しさのあまり、つい息子に辛くあたったのかもしれないが……。
息子はその日から自分の持つ力は封じてしまった。
それで本当に良かったのかと思うことがある。

シンデレラ城

朝起きると私はどんなに寒くても、必ず窓を開け空気を入れ替える。4月というのに、今日の頬を撫でる空気はまだ冷たい。けれどこの凛とした冷たい空気がとっても好き。遠くの方に見えるアルプスの山々には、まだ白く雪が残っている。私の住む信州は、一気に春がやって来る。桜だけでなく梅の花、桃の花、コブシの花、水仙、菜の花など、雪のまだ残る山々を背景に、咲き誇る花々の美しさは格別である。信州に住む人生になったことに感謝している。

快晴の休日。寝坊するなんて勿体ないので朝食を軽く済ませた。夫は公民館行事の「デジカメ教室」の下見に出かけるという。私は何も予定がないので一緒に軽井沢に行く事にした。春を感じる為に車の移動は、高速道路は使わず三才山トンネルを抜けて行く一般道にした。思っていた通りの春満喫コースだった。浅間山はここ数ヵ月、小さな噴火を繰り返している。その浅間山がよく見える浅間サンラインを通ることにした。坂が多くアップダウンが激しくて、車の乗り心地はあまり良くないが、車窓から見える浅間山の、なだらかに広がる裾野は雄大で美しい！　そんなサンラインを好んで選んで通ることが多いが、残念なことに今回は曇り空のため浅間山を見ることはできなかった。途中で道の駅に寄り道をして、春の味覚であるタラの芽やフキノトウを買い込み、早々と夕食は山菜の天ぷらにしようと思う私だった。

軽井沢には、2時間ほどして到着した。松本より気温が低いせいか、花々もこれからという感じである。十数日後のデジカメ教室の場所としては、丁度良いのではと予想しながら歩いた。写真撮影に向いていそうな所を幾つかチョイスして、すぐそばにあるアウトレットでお昼を食べることにした。いつも行くサンドウィッチのお店の途中に、ロイヤルコペンハーゲンの人形を置いている店がある。チラッと見ると気になるモノが目に入った。つい見惚れて、足の遅くなる私に夫は「お店に寄るのは、食事の後にしよう」と急かすのだった。私は気もそぞろにサンドウィッチを食べ、さっきのお店に行った。

その店にあった陶器の人形は、どれも可愛くて素敵だった。中でも目が釘付けになるほどだったのが、出入り口近くに置いてあった観音像！　顔の美しさには溜め息が出るくらいだった。私が暫く眺めていると、店員さんがそばに来て「写真をどうぞ、撮ってください」と言ってくださったので、何枚か携帯で撮らせて貰った。家に帰って来ても、その観音像のことが気になって仕方がなかった。私が溜息混じりに「あの観音様、欲しいなー」と呟くと、夫は「家には大き過ぎるし、買ったらどこに置くの？　置く場所がない事には」と反対するでもなく、賛成するでもない言い方をするのだった。下手な反対は私の心を逆撫ですると思ったに違いない。

何年か前のことを思い出した。

夫に誕生日のプレゼントを買うつもりで、松本市で唯一のデパートに行った。そこで、たまたま宝飾品フェアを7階の催事場で開催していた。指輪やネックレスなどはあまり興味はなかったが、そのフェアのポスターを見たら、ガラス製品などもある事を知り、ガラス製品が好きな私は7階に行ってみた。するとすぐに目に入ったのが繊細に作られたシンデレラ城だった。ライトアップされていて、キラキラと美しく輝いていた。私が暫く眺めていると「世界に数個しかない、貴重なシンデレラ城なんですよ。この店の割当は、この一個だけです。特別なケース付きで一生大切にできる物だと思いますよ」と女性の店員さんが言うのだった。私はすぐにでも欲しいと思ったが、人形やガラス製品など、増えている我家を見て、最近の夫は「よく考えて買ってね」と私に軽い釘を打つような事を言う。頭を冷やす為にデパートの中にある喫茶店に入って、アイスコーヒーを飲みながら考えた。夫のその言葉が頭をよぎった。こんな大きなシンデレラ城は、隠し持つ訳には行かないし。

するとは私は、グッドアイデアが浮かんできたのだった。今日の私は夫のバースデープレゼントを買いに、デパートに来たという大きな目的があった。コレを夫のバースデープレゼントにすれば、私もいつも眺めていられると閃いたのだった！

急いで7階に戻って「コレをプレゼント用にラッピングして、宅配便で送ってください」と店員さんにお願いし、メッセージカードに「お誕生日おめでとう。今回は素敵なシンデレラ城を贈ります」と添えてホッとして帰宅した。

数日後の夫の誕生日の当日は、テーブルにお花を飾り、ワインやパスタなど夫の好物を用意して、私はワクワクして夫の帰りを待っていた。デパートからは夫宛の宅配便も無事に届いていた。夫がどんな顔をするか楽しみだった。夫が帰ってきてワインで乾杯をして、早く見たくて「プレゼントを開けてみて。ビックリするわよ。世界に限られた数しかない素敵な物を選んだのよ」と急かす私。箱を開けた夫は「エーッ！　シンデレラ城を僕に？　ビックリしたっ」と言い、ニヤニヤする夫に私の閃きと企みがバレてしまった。そんな気がする夫のバースデーの夜であった。

今も我が家の飾り棚には、シンデレラ城とお店からのプレゼントのガラスの靴がキラキラ輝いている。「あー、思い切って良かった！」

それにしてもあの軽井沢の観音様。欲しいけど……もう夫のバースデープレゼント作戦第2弾にはできないし！「何か記念日はないかしら」と、悩む私なのです。

私の仕事

「チーフ、私目が覚めた時に、もしかしたら綺麗になれた事が全部夢だったかもしれないって、慌てて鏡を見に行く事があるんです」とMちゃんがサロンでボディチェックの時に言うのである。私は「不安なの？　でもMちゃんが1年間も頑張って、サロン通いをして、体重を60キロも落とした事は夢なんかではないわよ。サロンのレッスンを受け、バランスの良い食事の摂り方もチャンと覚えたし、美しいプロポーションの為の下着を着けてボディケアも完璧。大丈夫よ。不安な時はいつでもいらっしゃいね」と私は答えた。

私はお客様の望む、美しさと健康を手に入れられるようにアドバイスをする「プロポーションカウンセラー」という仕事をしている。美しく健康になる為に必要な商品を購入して頂き、定期的にサロンに通って頂く。サロンでは、ボディチェックと言ってフィッティンググルームで毎回サイズなどを測り確認して、次のアドバイスをする。また講習会やレッスンなども受けて頂く。ダイエットを科学的に理解し、美と健康の為に必要な技術なども得て頂く。レッスンや講習会は、ご自身の自分磨きの自立が目的である。

Mちゃんはサロンのお客様の一人で、数年前に幼馴染みのSさんに連れられて、サロンにご来店した方だった。初めてお会いした時は、口数の少ないという印象だった。私は初めての方とお話しする時には、まずは今の気持ちを話して頂けるように笑顔が出るのを、ゆっくり待つ事にしている。一緒に来てくださった方との関係とか、仕事、ご家族の事などをお聞きして、また私自身の事も話しながら、共通して話せる事などを探す。笑顔が出てきて、心が少し解かれてきた感じになったところで本題に触れていく事にしている。

Mちゃんは小さな頃から太っていたが、18歳頃まで自分が太っているという自覚が、余りなかったと言う。ご両親に愛され育てられて来た結果が、今の体型を招いてしまったと思った。

私は親しみを込めて初対面から下の名前で呼ぶ事が多い。「Mちゃんはご両親に、可愛い可愛いって言われて育ち、好きな物などもいっぱい食べさせて貰ったでしょう？　Mちゃんは甘えん坊だったかな」と彼女の生活環境などを知る中で、幸せだったことを認識して貰えるような言葉を選んで伝えた。「そうかもしれません。母はいつも畑に出る前に、必ず私の食べたいと言うオヤツを作ってくれました。私は学校から帰るのが、母のオヤツがあったから楽しみでした」。そんな生活を高校卒業するまで、続けて来てしまった。彼女は卒業間近になり就活したが、どの会社の制服も入らないので、正社員になれなかったことを話してくれた。

太っていることで、就職もできないなんて思いもしなかった。今は洋服だって欲しい服を選ぶのではなく、自分が着られる服しか選べないと言う。自分でダイエットと考えても、何をしたら良いか分からない。そんな時にSちゃんがダイアナサロンを教えてくれ、半信半疑で来たと本心を少しずつ話してくれた。私は「そうかぁ。ではまずMちゃんが、どんな自分になりたいか、その為に今のサイズを測りましょうね」とフィッティングルームに案内した。Mちゃんが初対面の私の前で、ショーツ1枚の裸に近い格好になるのは、どんなに恥ずかしく嫌かと思い、サイズに影響しない程度の薄い物を羽織って頂き測らせて貰った。彼女の体重は110キロを超えていて全てのサイズも3桁だった。

彼女は恥ずかしそうに「私みたいなこんなデブは、初めてですよね？」と自虐的にあえてデブという単語を使って、私に言うのだった。私は「残念でした。もっともっと太ってしまい、サロンに頑張って通っている人がいますよ」と笑顔で、特別じゃないことを伝えた。すると「エーッ、私よりも？」と繰り返して言った。少し彼女に安堵の色が見えた。その後パソコンから打ち出された、Mちゃんの年齢と身長から割り出される理想値を、一緒に見ながら「どんな自分になりたいか？」と未来の姿を2人で話し合った。費用もかかる事と、ご家族の協力と了解を得ることが必要と思い、後日彼女の母親にも来店して頂き、納得したうえでスタートして頂いた。

ある意味、恵まれた環境の中でスタートをすることができたMちゃんは、順調に体型を変えて行った。真剣にダイエットシステム通りに行っていたので、1ヵ月で5キロの減量ができて、暫くして体型を整える為の下着も着用すると益々変化していった。彼女がヤル気を失わないように、私が一番気遣ったことは、体重やサイズの減りはグラフのようには行かないけれど、キチンと行う限りは失敗はしないから大丈夫と言うことだった。心に寄り添い励ましながらの、二人三脚のような1年だった。

綺麗なプロポーションを手に入れた彼女は、ある時お友達の結婚式に招かれて、受付を依頼された。折角のお呼ばれなので、サロンでお化粧をしてあげて素敵なワンピースに着替えて、会場まで送るというご両親を待った。ご両親がお迎えに来られてMちゃんを見て、彼女の母親は涙をこぼしながら私にお礼を言ってくださった。「こんなに綺麗にして貰って！　成人式には着物を着る事ができなかったので、今度はMに着物を着せてあげたい」と言われるのだった。Mちゃんはその後、正社員にもなれて、お勤めをしている。けれど時々急に不安が襲ってくる事があるのだと言う。

長い間自信がなく、人の陰で小さくなって生きて来たというMちゃんにとっては「シンデレラのカボチャの馬車」のように綺麗になれた幸せが、消えてしまうのでないかと急に不安になる事があると言う。ダイエットなどを成功した方が、時には陥る不安。又いつの日か元の自分に戻ってしまうかもしれないという恐怖感。その不安を取り除くのは、自分の成功体験をキチンと理解して頂くことと思っている。だからこそ、理想の体型になっても暫くはサロンに通って頂き、もう大丈夫という自信を持てるまでは、皆さんに卒業しないで頂くようにしている。

私はこの仕事を通して30年余りで何千人の方との出会いがあった。多くの方の人生と向き合ってきている。ただ美しさを求めて来られる方だけでなく、拒食や過食で苦しむ方との出会いも多くあった。それは命に関わることでもある為、そんな方達の心をどう受け止めていくか？　矛盾や葛藤を共有しながら、健やかな心や身体を手に入れて頂くという責任を果たし、その方達を社会に送り出すという、使命さえ感じて来た30年であった。

人は鏡に映る自分に自信が持てることで、生きる自信にも繋がっていくことが多いと感じる。

世の中の女性達が心身共に美しく健康で、生き生きと人生を送っている。それは家庭や社会にとっても重要なことと思う。私はそんな前向きに生きる女性達を、世の中に一人でも多く送り出せるような仕事をしたいと思ってきた。

最近の私は、人生の幕を下ろす時に人として良い仕事をすることができて幸せだったと、静かに終わりたいと思っている。

『ダイアナ号』キャプテン

私は「九星気学」という勉強を始めて7、8年になる（一白水星、二黒土星、三碧木星、四緑木星、五黄土星、六白金星、七赤金星、八白土星、九紫火星を九星という）。

よく「あの人は運の良い星の元に生まれたとか。運の悪い星の元に……」などと言うことがある。あながちそれは間違ってはないと感じる。

最近特に歴史上の人物の星を調べたりすると、とても面白い。やはり日本という国を背負って来た人物は、天命を味方に付けて歴史を作ってきたのだと思った。

徳川家康　1543年1月31日、八白土星。この星を持って生まれて来た人は大きな山のような目標を持つがすぐには動けない。動き出すと大きな力を発揮する。若い頃の松平元康の頃とは違う。徳川家康になり天下分け目の「関ヶ原の戦い」を経て江戸幕府の初代の征夷大将軍となった。やはり八白土星らしいと思う。

また政治家であり日本列島改造論を成し遂げた、田中角栄氏は一白水星であった。この星は特に苦労の多い「苦労星」と言われている。芯に強いものを持つが、ロッキード事件などの汚職に手を染めてしまい有罪となり離党した。田中角栄氏個人の人生を見た時に、やはり一白水星の持つ、苦労星だったのではないかと思う。

過去の数々の人物達を紐解くのも興味深いものであるが、私の身近な存在である株式会社ダイアナの徳田社長は、まさに六白金星そのものであると思った。同じ星の著名な人物としては、日本の平和主義に貢献したとされている勝海舟や初代内閣総理大臣伊藤博文なども、六白金星であった。

六白金星を「易の陰陽」で見ると完成した完全無欠の星であり九星で唯一の「陽の卦」だけを持つ星である。一般的には社長星とも言われ、組織の上に立つ事で六白金星らしい統率力を発揮できる。だが歯に衣を着せぬ直球勝負に出てしまうことが多く、周りとの温度差を感じる事も少なくないと思う。一方、会社という組織などにおいては、六白金星特有の理想や、常に更なる高みを目指すリーダーが故に、周囲の人々も苦労が多いのではないかと思う。

私の経営するサロンはフランチャイズの加盟店として、株式会社ダイアナと契約をしている。最初は私自身も親友の紹介で、お客様としてダイアナと出会い「素晴らしい仕事！」と直感。その時に在籍していた会社とは違う、全く異職業のダイアナに飛び込み、人生の方向転換をしたのである。直感だけで3ヵ月後にはサロンをオープンして、チーフプロポーションカウンセラーとなってしまった。ある意味無謀な転職をした私だったが、オープンから30年経つ今も、健康でこの仕事に携われていることは、本当に有り難いと思っている。それは、近年のダイアナ本社の美と健康を追求する、徹底した商品開発の姿勢にあると思う。チーフである私自身も目を見張るほどであり、また多くのお客様がそれを求め期待していると感じる。

徳田社長は株式会社ダイアナの3代目の社長である。手腕を買われてヘッドハンティングされて入社。半年間だけ副社長を経て、社長に就任した人だ。まだその頃は42歳ぐらいだったと記憶している。就任時は年上の女性経営陣の多いなかで、やりにくい事や、ご苦労があったかと思う。また女性にありがちな事かもしれないが、訳の分からない反抗とも取れるような「アンチ徳田」的な人達もいたと聞く。

だがさすが、強運の六白金星の徳田社長！　世の中で何が起きようが、自分の周りでどんな事が起ころうが、それらの事を全て吸収してスキルを上げていった。逆に会社を確実に安定経営の方向に舵を切り、世の中にダイアナという会社を多くの人に、知らしめる結果を出して来た。

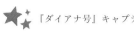

２０１１年の東日本大震災の時の社長の俊敏な対応。２０１９年の年末に発生し、世界中を恐怖に陥れたコロナウィルス感染症。世界中の人々が恐怖の日々を送っていた。翌年日本の横浜港では、豪華客船ダイヤモンド・プリンセス号の乗客の大勢が感染をしていたという報道に、日本中が更なる恐怖のドン底にさらさ

れた。私自身も人に会う事さえ怖かった。

その時も社長はいち早く、多くの本社社員さんをテレワークにし、研修も会議もZOOMで開催し、本社にTV局さえ作ってしまうほどだった。世の中の大混乱の最中に、後退も足踏みもなく進んで来たのである。

ダイアナという会社の、伝統的な数々のイベントの開催か否かの判断。また全国の750人ものサロン経営をするチーフ達の、右往左往する心をさえもシッカリと受け止め牽引して来た。これは社長の指揮の元、サロンを直接担当する社員の皆さんが一丸となり、チーフ達の心に寄り添いながら、以前にも増したきめ細かなフォローやアドバイスをし続けてくれたお陰と思う。そんな支えがあり、私のサロンでも売上を落とすこともなく営業を続けられたのである。世の中の企業が破産や閉業に追い込まれる中で、徳田社長は未来を見据え現在の全国の約750店舗を2030年には4千店舗にするという壮大な目標を掲げて、今も走り続けている。

これは誰にでもできることではない。目標や目指すものが大きければ大きいほど、孤立感や孤独感そして焦燥感に陥ることもあると思う。ダイヤモンド・プリンセス号ではないが、会社が大きな客船なら徳田社長は「ダイアナ号」のキャプテンである。キャプテンは常に天候や大海原などの状況を把握して、舵を取り目標の地まで安全に進んで行くという任務がある。又そこで働くクルー達はその船に乗船するお客様達に直接対応するという仕事がある。これは舵を取るキャプテンへの信頼が重要と思う。そんな皆の協力で「ダイアナ号」がどんな嵐に遭おうが暗礁に乗り上げることなく、航海を続けられているのだと思う。

私は改めて、大海原を航海中のキャプテン徳田が舵をとるダイアナ号に、もう少し乗船していようと思う。

Tさんの幸せ

Tさんは私より1歳年上のお客様である。

車で1時間以上も掛かる遠方から、時々ご来店くださっていた。

最初はお客様としての会話をするだけだったが、いつしか色んな相談をしてくださるようになっていた。ご家族全員の健康の相談から始まり、お子さん達のことや結婚されたお相手の方のことまでも話してくださった。細かく話してくださっていたので、私は家庭の事情まで分かってのお付き合いだった。


Tさんは若い時に女性数人と、会社を設立された。設立から会社役員をされていたので苦労や努力は当然のこと。会社を軌道に乗せるまでは無我夢中で家事も子育ても、どうやっていたのか思い出せない位だった事や「趣味や習い事などするような時間など全くない、仕事漬けの毎日だったわよ」と笑いながら明るく言われるのだった。

Tさんはそんな話を、悔やむでもなく、良かったでもなく現実をニコニコして話してくださった。きっとTさんご自身が選択して来られた人生だったから、何もできなかったとは思っていなかったのだと思う。むしろ思い通りの生き方をして来られたという、充実感の方が強かったのではないかと思った。

そして60代の半ばに差し掛かった頃に、会社役員の引退を決意して少しずつ娘さんにその座を譲っていかれた。

時間を持て余してか、その頃からTさんは1人でサロンに頻繁にいらっしゃるようになった。最初のうちは「コレで娘の将来も安心だし。私もソロソロ楽をしなくてはね。サロンには、今までの分も来るのでチーフ宜しくね」と楽しそうに話すTさんに、私も嬉しかった。

その後2年ほど経った頃、ご予約時間になっても来られないので少し心配していた。すると私の携帯にTさんから電話が入った。「チーフ私は、どうも道を間違えたみたい」と言うのである。今どこにいらっしゃるか聞いて、サロンまでの道順を何とか伝えて、その時は無事に到着された。何故に迷ってしまったのか、不思議に思う私だった。次のご来店もやっぱり迷ってしまい、今何処にいるのかさえも、よく分からないと電話があった。その場所が何処なのか、建物や目に見えるものを聞いて、やっと居場所が推測できて、サロンまでの道のりを案内する事ができたのだった。その時も何とか辿り着いた。

遠方ではあるが、今まで20年の間に何十回も通ってくださっていた道を、急に迷うようになってしまったTさんだった。ボディチェックとお買い物や支払いも済ませ、お茶しながら「私今日は、なぜ迷子になったのかしら？　車のナビ通りに来たのに……」と不思議そうに言うTさん。私が「Tさんの車のナビは私と同じ、方向音痴かもしれないわね」と言い、いつものように2人で笑った。お茶の後「私もう帰らないと。チーフおいくらになりますか？」とお財布をバッグから再び、取り出すのだった。「エッ！ 先ほど代金は頂戴しましたよ。領収書もバッグにしまっていましたよ」と言いながら心臓がドキドキした。まさかTさんに限って……。

Tさんは「コレからは少しは楽をして、趣味でも見つけようかしら。今まで旅行にもあまり行ってないので、ドンドン行かなくてはね」と私に言っていたのに。引退してからまだ2年しか経ってないのに。Tさんは、私が心配していることなど気が付くこともなく、何もなかったように帰って行かれた。それからの私は、Tさんにメールしたり連絡すると「私サロンに行くわね」ということになるので、一切連絡をすることを止めたのだった。

あれからもう何年経つだろうか。数年前に一度だけ、諏訪大社にお参りに行った時バッタリ会った。娘さんが付き添うようにお参りしていた。娘さんはすぐ私に気付いて「お母さんチーフよ。久しぶりでしょ？」。

Tさんは私を覚えていてくださったかはわからなかった。頼りげのない笑みを浮かべて私に会釈をした。あの時が会えた最後だった。Tさんの現在を、私は知り得ない……。

引退を決意して娘さんに全てを引き継いだ後は、「のんびりと趣味を見つけたり、何か好きな事や得意な事を探して、習い事でもしながらの人生も良いもんだわね」なんて言っていた通りに過ごして欲しかった。私と一緒に温泉巡りでもして、若い子達のように女子会でもしてみたかった。もっと早くお誘いすれば良かった。私の心には後悔に似た気持ちが湧いていた。

あの諏訪大社で偶然会えた時の、頼りなさそうな笑顔が浮かび、私は哀しかった。

だがTさんにとっては、幸せな人生だったのかもしれない。大好きな仕事を十分されて、後継者までご自身で決めて職を辞されたのだから。

私自身も仕事が趣味のような生き方をしてきたが、まだまだ他にもたくさんの夢を持っている。料理研究家、保護観察官、心理カウンセラー。私はきっと生涯何かしたいと思って、生きていく性格なのかもしれない。人の人生には限りがある。そう思うとノンビリなんかしていられない。

誰かが言っていた「時間とは、日に日に寺に向かう間のことだ」と。だとしたら、大切な時間を常に自分で納得するように使いたいと思う。他人の評価ではなく、自分自身の本当の思いや夢を最優先して、自由に生きたいと思う。

母へ

何年も前の事だがお天気の良い休日に、お花の大好きな母に薔薇を見せたくて、数時間かかる実家まで、車を飛ばして迎えに行った。安曇野のバラ園は素晴らしくて、母は大喜びしてくれた。

その夜は蓼科のホテルを予約して、夕食はイタリアンにした。大正生まれの母ではあるが、意外にも洋食も喜んで食べてくれる。食べ終わる頃にレストランの照明が少し暗くなり、バースデイソングが流れはじめた。ホテルの従業員の方が3人で、仰々しくロウソクの灯ったケーキを運んでいる。母は「誰かの誕生日なのね」と私に小声で話しかけてきた。するとケーキを持った3人は私達のテーブル前で止まった。拍手しながら「お誕生日おめでとうございまーす」。レストランのお客様達も一緒に拍手をしてくださった。母は最初キョトンとした顔をしていたが「お母さん、もうすぐお誕生日でしょ」と私達夫婦も拍手した。母はそのサプライズに、ポロポロ涙をこぼしながら「この年になるまで、こんな自分だけの誕生日をして貰うなんてなかった。こんなことがあるなんて、生きていて良かった」と言うのである。

考えてみたら子供の時から私達の誕生祝いは、欠かすことなく年中行事だったが、母の誕生日を家族皆で祝うなんてなかった。私も毎年プレゼントは贈ったりしていたが、こんな形では祝ってあげてなかった。私はホテルを予約する時に、軽い気持ちで母を驚かせようとケーキをお願いしていただけなのに。涙をこぼすほど喜んでくれる母を見て、私まで涙が出た。

私の母は1922年（大正11年）の生まれ。2023年6月で101歳になった。現在は私の親友の経営する有料老人ホームに入居させてもらい6年になる。しかし、このコロナ禍の世になり3年も、チャンとした面会ができないでいる。窓越しだったり、ホームの玄関先でアクリル板の仕切り越しだったり。耳が遠くなった母と話すのは、職員の方の通訳なしはあり得ない。私は母に会いに行く時は、殆どオヤツと共に手紙を書いて持って行く。オヤツは職員の方が管理してくださるので職員の方にお願いして、手紙だけ直接母に渡すのだった。すると車椅子の母は本当に嬉しそうに子供のような顔をして、手紙を胸のところで抱きしめて「手紙が一番嬉しい」と言うのである。数分話すと「もう帰って良いから、又ね」と手を振る。母はすぐにでも手紙を自分の部屋で、ゆっくりと読みたいのだと思う。

高齢の母にとっては、3年間も家族と会えない日々は本当に辛いし寂しかったと思う。

母の先を考えると、今喜ぶ事をしてあげなくてはと、私の心はいつも焦りを感じる。自由に会えないお誕生日も、どうしたら良いかと悩んだ。私は子供達3人に相談した。「おばあちゃんに皆で、写真付きの寄せ書集を作って贈ろうよ」と話がすぐにまとまり、3年前の99歳の白寿も、一昨年の百寿のお祝いも子供達が協力し合い、面会ができない分まで喜んで貰えるような、アルバム付きメッセージ集を作り上げてくれた。

ホームに届けると、玄関先で母はパラパラと見て「ありがとう」とそのアルバムを私に返そうとするのだ。母は自分のお祝いの為に孫一同で、作りあげたプレゼントということが、すぐには理解できなかったのか？　認知症ではないが百年も生きて来て、家族と離れてのホーム暮らしは、感性も理解力も鈍って来たように感じた。ホームの職員さんは皆さん優しく接してくださっているが、家にいた時のようにできないのは当然である。私は改めて母の長い人生を思った。

母は戦後すぐに親同士の決めた結婚で、会ったこともない父の元に嫁いだ。父には2人の弟がいた。婚礼の翌日から厳しい舅と姑に仕える日々が始まった。軍人あがりの父も、母には相当ワガママだったようだ。その上東京の大学まで通学する父の弟の為に、朝4時に起きるという地獄のような日々が始まったのである。

母は嫁ぐ前に就いていた教員の仕事を続けたかったが、戦後間もないその時代は「共働き」などは家の恥とされ叶わぬ夢だったという。いつも肘までアカギレで血が滲んでいるほど、働き詰めの人生。自分の実家に帰して貰えるのは、年に数えるほどだったようだ。今の時代では、考えられない自由のない苦労ばかりの人生だった。

娘である私達に「恋愛して好きな人と結婚できるって、羨ましいわね」と言ったことがある。母の結婚は全て与えられた運命と諦めるしかなかったのだと思う。そんな環境の中での唯一の自由は、短歌を詠む事だったと言う。ノートに綴られた母の短歌は何百首もあった。

やがて母は数十年間も家に仕えた後に、舅、姑、父と順番に逝った3人を見送った。嫁いで来たお役目をしっかりと果たしたのだった。やっと自由を得た母は残された家を守りながら、短歌の他にも、「なつめ会」という表千家のお茶の会を町で立ち上げたりした。好きな事を自由にできるようになり、人生を楽しみながら日々を送っていた。

だが東日本大震災があったことがきっかけで、母を1人にしておけないと、長女である姉夫婦が東京から私のいる松本に家を建て、母を引き取り一緒に暮らす事にした。母は長い間、守って来た家や築いて来た全てと離れる事は、どんなに後髪を引かれる思いであったろうか。だが高齢の母にとっては、姉に従うしか選択肢はなかった。生きがいだった、お茶の会も短歌の会も何もない新たな地で過ごす日々は、母には辛そうだった。
哀しい事に縛られていた家から解放され、自由な身になった今は周りに心配されるような高齢になってしまった現実があった。

いつも私を誉めてくれた母。
白いかっぽう着が似合った母。
私に「美しく生きる」という大切さを教えてくれた母。
私達の育った家を、いつ帰っても癒されるように守っていてくれていた母。
泣き虫で身体も丈夫でなかった私を、いつも叱るより誉めてくれた母。
失敗してもいつも優しく待っていてくれた母。

やがて遠くない将来に、必ず来るであろう母の旅立ちに、今の無欲の母に私は何をしてあげられるのだろうか……。

沈丁花の香り

どこからともなく沈丁花の香りがしてきた
ふと記憶が蘇ってきた
青春時代のあの頃に　時間が巻き戻された

私が生きる意味が分からず佇んでいた時に
前に進む道が何も見えなくなっていた時に
包み込むような微かに甘く香る沈丁花に気付いた私
春を告げる美しい花達に囲まれている事に気付いた私
春の陽射しが優しくなっている事に気付いた私

毎年時は巡り必ず春は訪れる

花達は競うように変わらず　美しく咲き誇り甘い香りを放つ
悲しさも苦しさも時と共に流れていき幸せは訪れる
人は時と共に新しく生まれ変われるから
毎年時は巡り春が訪れるように

哀しい出来事

もう何十年も前の事である。正確には思い出せない哀しい出来事があった。新宿の紀伊國屋書店の前で、編み機を持って立っていたミズエさんにバッタリ会った。

相変わらずの透けるような白い顔に黒髪のミズエさんは際立っていて、すぐに私は気が付いたのだった。「わーっ、ミズエちゃん。ビックリ！　こんな所で会えるなんて凄い偶然ね」「手に持っているのは編み機？　編み物を習っているの？」と尋ねる私には特に応えようとせずに「ミユキちゃんは今、東京なの？」と質問してきた。私は友達と待ち合わせをしていた事もあり、ゆっくり話しもせずに、二言三言で別れてしまった。

記憶だと彼女は私とは別の高校に行った。その後は、地元の専門学校に行ったはずだった。私は心の中でふと、ミズエちゃんは東京の専門学校だったのかな？

と思った。小学校も中学校も同じクラスだった。静かにレース編みをしているような女の子だった。彼女とは特に仲良く遊ぶような事はなかったが、広い東京の真ん中の、いつもお祭りかと思う位の人がたくさんいる中で、同郷の友達に会えた偶然はとっても嬉しかった。

夜ベッドに入ってから、昼間のミズエさんのことを思い出した。前から物静かな彼女だったけど、何かあの白い顔や表情が浮かび引っかかるものがあった。

ミズエさんとの偶然の出会いから数ヵ月が経ち実家に帰った時、彼女が自ら命を絶ったということを母から聞いた。私は信じることができなかった。悔やんでも悔やみきれなかった。あの時に何故、何年振りかで会った彼女とゆっくり話さなかったのか？　話したところ何も現実は変わらなかったのかもしれないが。それでも悔やみ悲しかった。

彼女は、お腹に新しい命を宿していたのだった。その頃は結婚に対する考えが古く、地方では結婚前の娘が妊娠して出産することなど、許されないという時代だった。彼女が両親にそのことを伝えられたかどうかは分からないが、どんなに悩み苦しんだかと思う。実家の納屋で、一人で農薬を飲み苦しい現実から逃れようとした彼女。家族はすぐ気付き、病院に運び医師達も助けようと手を尽くしたが、その思いは届くことはなく、ミズエさんは一人で逝ってしまった。
病院で彼女は一度意識が戻り「死にたくないよー。助けてー」と繰り返し言ったと聞いた。しかし農薬は、食道や胃の細胞に再起不能なダメージを与えてしまっていたのだ。彼女はその手に一度も我が子を抱く事もできず、花嫁にもなる事もできずに、生きたかった思いを、そのまま抱きながら旅立ってしまった。「死にたくない」と叫び意識が戻った時のミズエさんの胸の中は、後悔や無念さ、生きることへの執着心……。どんな思いで意識をなくして行ったのであろうか。今になっては誰も計り知る事はできない。

その半年後位だったろうか。実家の父のお墓参りに行った時のこと。幼稚園から高校まで一緒だったヨーコに会った。「ヨーコちゃん久しぶりね。またお墓で会うなんて」。不思議とヨーコとは家も近いこともあると思うが、お墓参りでよく遭遇する。「ミユキちゃん帰ってたの……」。他愛のない会話をした後に「ヨーコちゃん、ミズエちゃんのこと知ってる?」と話した。「ミズエちゃん? 昨日フクジマ（地名）の信号の四つ辻に立って、信号待ちをしていたのを見かけたわよ。私は車だったから『アッ、ミズエちゃんだ』って思いながら通り過ぎてしまったけど。相変わらず真っ白な顔してたわよ。ミズエちゃんがどうかしたの?」とヨーコは言うのである。

私は新宿の紀伊國屋書店でバッタリ会ったことや、もう半年前に自ら命を絶ってしまったことを話した。ヨーコは黙って私の話を聞いていた。「私はどうも亡くなった人とかに遭遇することが多いのよね」。ヨーコが昨日見た信号待ちをしていた女性が、ミズエさんかどうかは未だに定かではないが、私は本当にミズエさんだったかもしれないと思った。

この世で、普通に母になる幸せも、色んな思いを果たすこともできず旅立った人生。生きている私には計り知れないほど、心残りだったと思う。

そしてその思いはミズエさん自身が、この現実を受け止めきれないでいる気がしてならなかった。

生きたい

この世から消えてしまいたいほど
辛くとも
自分のこの人生、なかったことにしたいと思うほど
辛くとも
何もかも捨て去って何処か遠くに逃げ出したいほど
辛くとも
明日も必ず陽が昇り
全てを平等に照らします
地球は時を刻みます

そしてアナタの心臓は止まる事なく脈を打ち

血液は否応なしに全身を駆け巡り
アナタの身体は否応なしに呼吸をする
アナタの身体は否応なしに空腹を感じるのです

生きよう！
生きたい！
肉体はアナタに伝えているのです

Sへの手紙

Sさん、お元気ですか？

つい最近アナタの夢を見ました。

覚えてますか？　卒業間近のあの日の事を。

校舎の屋上で、一緒にお昼を食べようと誘ってくれた日。

「ミユキ、アパート決まった？」

「東京の大学に行ったら、一緒に住まない？　一緒に暮らそうよ」と言い私を見つめたアナタの目は、今も思い出すことがあります。

スポーツ万能な上、頭も良くスラリとしたアナタは、女子高では人気者でしたね。

バスケ部でアナタがボールをシュートする度に、同級生や下級生がキャーキャーと喜んでましたよね。アナタに憧れバスケ部に入部した生徒が多かったと聞いてます。

色白で透き通るようなお肌の美しいSさんが、私も大好きでした。

あの時のアナタは、私にとっては親友でした。

「弱っちいミユキは、私と一緒にいた方がいいよ」とぶっきらぼうに言ったアナタ。

確かにあの頃の私はよく病気で、欠席もしてました。

携帯もない時代、私が何日か欠席した後に学校に行くとアナタは、スーッと私の席まで来て、私のオデコに手を当てて「もう大丈夫」と言って、いつも笑ってくれましたね。

先に東京に住む姉と暮らすことになっていた私は、アナタと一緒に住む事はできなかった。「ねーS。私は姉達と一緒に西武新宿線の新井薬師前に住むのよ。Sも西武新宿線にアパートを探してよ。いつでも会えるし」と言った私なのに、連絡先も交換せずに迎えてしまった卒業でした。

随分時間が経ってから分かった私。何故、アナタが生徒指導の教師に注意されても、決してスカートをはく事がなかったのか。私になぜ「一緒に暮らそう」と言ってくれたのか。幼かった私。今になってアナタの気持ちが心に刺さります。

高校卒業50年記念のクラス会があった時、皆の返信葉書を見せて貰いました。アナタは欠席でしたね。私は、もしかして会えるかもしれないと、淡い期待を持って参加しました。アナタの返信葉書には、

「大学卒業後に仏門に入ったので　今後のお知らせは辞退させて頂きます　合掌……」とだけ。

高校卒業後、一度も会う事がなかったけれど、私はアナタの事は忘れない……。

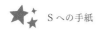

さよなら

彼女の大切な小さな彼は
決して振り返ることなく
細い肩にリュックを背負って
彼の父と出かけた

彼女はその小さな背中を見送れなかった
決心が揺らぐから……

幼なじみの友人に手伝って貰い
ほんの少しだけの荷物を車に積み込み
6畳ひとまのアパートで

新しい人生をスタートした
失うものの多いことも
分かっていたが……
今を逃げ出したかった

あなたの好きな夏

今あなたの心は何処にいるのですか
そこから朝の小鳥達の可愛い囀りが聞こえますか
そこからこの青空は見えますか
そこからあなたの好きなピンクのライラックや白い水仙の花が美しく咲いていている事に気付くことができますか
そこからこの萌えるような新緑の清々しい空気の元で呼吸をする事ができますか
あなたの好きな夏は　もうそこまで来ています

今のあなたの心は
後悔する辛さが生み出した心の沼に全身が浸かってしまっているということに

気付いてますか

呼吸をすることも
目を開けることも
口を開いて話すことも
沼の中の身体は重く動かすことさえも　辛く苦しい日々
押し潰されそうな　不安な日々

最初は足元にある　ほんの少しのぬかるみだったのに
今は真っ暗な沼にズルズルと深く沈み
抜け出す術さえ見つからなくなったあなた
一秒一秒が痛いほど長くて　やっと呼吸をしているあなた
私はそんなあなたを助け出したい

でもあなたのいるのは

自身の作り出した　暗くて深い心の沼の中

さあ這い出してきて
身体中に重く纏わりついている沼の泥を
私が思い切り　水圧を上げたシャワーで洗ってあげるから
あなたの好きな夏にまだ間に合うから

自惚れ鏡

子供の頃の私は祖母の鏡台が大好きだった。その鏡は「自惚れ鏡」と言い、明治生まれの祖母の嫁入り道具の一つだった。その鏡は誰でも色白でスタイルも良く、綺麗に見えるようにできていると祖母は言っていた。

鏡台に向かうことは、祖母にとって大切な一日の始まりであった。祖母の若い頃はまだ丸髷の時代で、毎日のように髪結いさんが来て、髪を結って貰ってから一日が始まるという時代だった。父が子供の頃の写真を見ると、どの写真も祖母の髪型は、確かに今で言えば花嫁の高島田のような髪型をしていた。寝る時もその髪型のまま寝るために、箱枕を使って寝ていたという。私が子供の頃、まだその箱枕が実家の押入れにはあった。朱塗りの木の箱の上に細長くて丸い綿の入った枕がのっていた。寝心地の悪そうな枕だったが、いつの間にか押し入れから消えていた。

私も子供の頃、学校に行く前はまずその鏡台に座って、髪を結ってリボンを付けて貰うことから始まっていた。

帰って来たら「ただいまー」と家族や仏壇に挨拶して、大好きな鏡台に座りリボンを変えて貰ったり、学校には付けて行けなかった首飾りを付けたりしていた。私は鏡の前でオシャレをすると可愛く見える気がして、一日に何度も鏡を見ていた。私が好きな首飾りは、真ん中に大きな赤いルビーのような宝石が付いていて、その周りにはキラキラ輝くダイヤモンドが付いていていた。オモチャの首飾りが子供の私にとっては、赤いルビーとダイヤモンドの付いた大切な宝物だったのだ。

小学生低学年の頃、もう一つ私の宝物が増えた。

親戚のお姉さんで、いつも素敵なワンピースを着て来る人が私にくださった物。10センチ位の大きさの、プラスティックのピンクのバッグ型をした可愛い入れ物の中に、レースの付いた真っ白なハンカチと、キラキラした水晶のように透き通った首飾りが入っていた。

昔は髪結いさん
が定期的に
来ていた
誰もが綺麗に
映る自惚れ鏡
(ネーミングがステキ!)

少し大きくなった頃には、それが子供用のおもちゃであったことが分かったが、その頃の私にとっては、レースのハンカチも水晶の首飾りも嬉しくて嬉しくて、いつも眺めたり、付けたりして大切にしていた。そんな私に母は「その宝物はお家の中で大切にしなさいね。持ち歩くのはダメよ」と言った。

ある日の下校後、友達に私の宝物を見せる約束をした。私は一旦家に戻りコッソリ、首飾りの入ったピンクのバッグを抱えて、約束の学校の校庭に行った。皆に宝物を見せてそのピンクのバッグを、朝礼の時に校長先生が乗る朝礼台の上に置いて、ゴム跳びに夢中になって遊んだ。夕方になり町のお帰りの音楽が流れた。宝物のバッグを持って帰ろうとすると、朝礼台の上に置いたはずが、影も形もなく消えていた。

その時の私は、何故そこにないのか？　すぐには理解できなかった。するとそこにいた皆が「ミユキちゃん、どうしたの？」と心配して、一緒に探してくれたが発見できなかった。

最後には誰からともなく「先に帰ってしまったT子が怪しい」と言い出し始めたのだった。「あの子が、黙ってお家に持って行っちゃったかもしれないよ」「ミユキちゃんの、ピンクのバッグの中のハンカチや首飾りは、キレイで誰でも欲しくなると思う」と皆が口々に色んなことを言い始めて、話が大きくなっていってしまった。

大切な物がなくなったことと母の言いつけを守らなかったこともあり、私は重い足取りで家に帰った。家に着くとすぐに、今日あったことを母に話した。黙って聞いていた母はきっと優しく慰めてくれるかもしれないと、私には甘えの心があった。普段は叱るより誉めてくれることの多い母が、この時は強い口調で私を叱ったのだ。忘れられない出来事だった。

母との約束を破ってコッソリ持ち出したことより「宝物を見せられたお友達の気持ちは、考えてみたの？」と母に言われた。なくなったことは、誰も責められないことで、私がいけなかったと言われた。その時は宝物がなくなってしまって、悲しんでいる私を叱る母のことが、理解できずに暫くメソメソ泣いていた。

その小さな事件の解決などなかったが、母に言われたことは長い間、心に刺さっていた。

自分が嬉しくて有頂天になっていて、友達の気持ちなど考えられずに、見せびらかした結果が導いてしまった小さな事件。罪つくりの行動をした自分のことが悔やまれた。

そこにいた誰かが、家に持ち帰ってしまったのか？　もしそうであったら、その人はどんな思いで日々過ごしていただろうか？


つい最近のことだが、甲府の昇仙峡に行った時に、水晶のお店がズラリと並んでいた。水晶がたくさん採れる所と聞いている。どの店に入っても、水晶がライトアップされキラキラ輝いている。遠い子供の頃、お姉さんからプレゼントされた首飾りが、頭に浮かんできた。

私がショーケースを見ていると、夫が誕生日も近い私に、細い水晶のネックレスとブレスレットをプレゼントしてくれた。今もそれを付ける度に、幼かった自分が思い出される。あの日メソメソする私を、母は何故あれほどに本気で叱ったのか！

自分自身が母親になり、子供達に何を伝えて社会に送り出せば良いのかを、改めて考えさせられた。

自惚れ鏡も私の育った家も、今はもうないけれど……。

何気ない些細な子供の行動だったとしても、心の片隅にあった「私だけ持っている」というおごりが、人を傷つけてしまった事実は反省しても悔やんでも、取り返せないことであり、未だに私の中の教訓となっている。

生きてて良かった

私は今までに2度も車の事故に遭っている。1度目は今の仕事を始めて3年が過ぎた頃だった。塩尻峠や善知鳥《うとう》峠《とうげ》などを越えて来られる遠方のお客様が増えた為に、私は峠の向こうの茅野市にアパートを借りることにした。普段アパートはスタッフが一人いた。消耗品の販売やサロンへの連絡などの対応をして貰っていた。私は週に1度行って、夕方まで数十人のボディチェックやカウンセリングなどをしていた。

現在の本社には支店制度というものがあり、積極的に推奨しているが、その頃は認められていなかった。そこは分室のような存在であった。行く時には下着のサンプルなどを、幾つかのスーツケースに詰めて通っていた。そこに来られる皆さんには予定をお知らせしていたので、余程の事がない限り、週1度のアパート通いは続けていた。

信州の冬は寒い。日中でも外気温はマイナス5、6度は普通だった。茅野のアパートに行くある日の朝、一旦会社に向かった夫が戻って来た。「今日は確か茅野のアパートに行く日だったでしょ。僕の車で行った方が安全だから車を換えよう」と言い、私の小さな2人乗りの車に乗り換えて出社した。私は夫の事を「大丈夫なのに心配性なんだから」と思った。

中央道を諏訪の出口で降り一般道に出た。その日はお天気も良く道路にも雪はなかったので、安心してアパートに向かった。暫くして小さな山の下にある、500メートル位の短いトンネルに差し掛かった時である。山から浸み出した水で路面が凍っていると感じ、慎重に走っていた。すると前方から下り坂を制御不能の車体が、横滑りに私の車をめがけて来るのが見えた。普段の運転では幅寄せなど苦手な私だったが、このことを『火事場の馬鹿力』と言うのであろうか？左側の壁ギリギリに私は車を寄せていた。その間、ほんの数秒だと思うがとても長く感じた。ハンドルをギューと握りしめ、顔を下に向けて待った。

バーン！　と大きな音と共に、両肩と身体に大きな衝撃を感じた。その車はトンネルを抜けた所で止まった。私は焦って車から出ようとした。すると車の右側のボンネットから運転席横のドアまでが、ぶつかった衝撃でグチャグチャに破壊されていて、ドアを開ける事ができなかったのだ。私は自分の心を落ち着かせて、後部座席のドアから出ようとした、その時だった！

又大きなワゴン車が、制御不能状態で滑ってきた。その車も私の車にぶつかったうえに、出口付近に止まっていた車にも、ドカーンと体当たりして行った。もし最初ぶつかって来た車が、運転席側のドアまで破壊していなかったら？私はすぐに外に飛び出していたと思う。そして私は2台目のワゴン車に轢かれ、凍ったトンネルの中で犠牲者になっていたかもしれない。想像するだけでもゾッとした。

そう思うと車の壊れ方も、何かに守って貰った気がしたのだった。

夫が私の車の大きさでは「何か起きた時に危険」と思い、一旦出掛けたのに戻って来てくれたことも、私の命拾いになったのだと思った。

そのトンネルでは私の事故後も、同じ日に衝突事故が2件あったと聞いた。私は肩を痛めた程度で済んだが、後に事故に遭った方達は、車への衝撃が大きくて救急車で入院をされるほどだったと聞いた。そのトンネルと上の山は年内に壊され、今は影も形もない唯の坂道になっている。

もう一つの事故は何年振りかと言われるほどの、大雪の年だった。幹線道路にはすぐに除雪車が入るので普通に走れるが、日中気温があがると道路脇の雪が溶けて、道路に浸み出してビチャビチャに濡らす。夕方になると気温が下がり、又道路が凍る。そんなことが繰り返され信州には春が訪れるのだった。

その日の夕方は、ご新規のお客様の予定が入っていたので、近くのスーパーに夕食の食材を買いに行き、腕時計を見ながら急いで買い物を済ませ、帰路についた。夕方の路面は少し凍っているようだったので、安全を意識しながら走った。反対車線に大型バスが見えた。両脇には民家が立ち並んでいる道路で、ゆる～いカーブだった。もう夕方の5時近かったので辺りは薄暗くなっていた。私は少し心に焦りを感じながらハンドルを切った、その時だった！

私の車を、誰かが後ろから押しているかのように、ハンドルが全く制御できずに反対車線に飛び出してしまったのだ。頭の中で咄嗟に（バスが来る）と思った。私の車はドカーンと民家の門柱に体当たり。石垣も数メートル薙ぎ倒して止まった。凄まじい音に、家の方達が飛び出して来られて「大丈夫ですか?」と茫然とする私を気遣ってくださった。

ご主人は「さっきまで僕は門柱周りの雪を、片付けていたよ」と苦笑いして言った。数分の差でその方を事故に巻き込まずに済んだことや、反対側から来ていた大型バスとの衝突も何とか免れた事は、本当に奇跡だと思った。

私の車はエンジンが壊れ落ちボンネットから煙が出ていた。衝撃の大きさが感じられた。私自身の外傷は、ハンドルに額をぶつけ、大きなコブができただけだった。ただ首の骨が心配だったので、一応整形外科を受診したのだが、医師は私の首は殆ど筋肉がない為に柳のように首がしなったので、骨は異常なしと診断して「念の為、湿布を数枚出しますね」と言った。

こんな2度もの大きな車の事故を経験した私だが、人身事故にもならなかった事や、私自身が今も元気でいられる事に感謝しかない。天国の父や神様に守られていたのかもしれないと思った。

本当に2回の「命拾い」をした私だった。生きてて良かった〜!

人生博打

私は運動しない歴？　と言うよりほぼ運動らしきものはせずに、生きて来た。子供の頃に脚が悪かったり、不整脈があったりで、できなかったこともある。

今は何かしなくてはと思い、フラダンスを少しかじってみたり、今度こそはとスポーツジムに入会したり、私なりの努力はしていたが、丁度ジムに入会した頃、小さなティーカッププードルが我が家の家族になった。名前はチョコ。可愛くて小さなチョコを、ひとりぼっちにしてジムに行く辛さは半端ではなかった。家を出た途端に帰りたくなり、今日はひとつだけ運動したら帰ると決めて通ったジムだった。15分ほど自転車漕ぎをしたり、筋トレまがいのことをして、すぐ止めてお風呂に行く。ほぼ風呂会員に近い私だった。ジムのインストラクターの方に「ヨガ教室が始まりますよー」などと声をかけられても、ニッコリ会釈をしてお風呂に直行。

私はヤッパリ運動は向いてない。これが結論だったので1年もしないで退会した。

そんな私なのに何と、スポーツ観戦は大好き。ルールなどは分からない事が多いが、勝ち負けは分かる。マラソンに関しては、夫が昔大会などに出場していた事もあり距離が42・195キロを走ることは知っている。マラソン、駅伝、サッカー、そしてスケート。

最近ではワールド・ベースボール・クラシック（以下WBC）には、日本中の人々が熱くなった。私も勝敗が気になり熱くなってTV観戦した。優勝した時には「やった〜」と大喜びする私に、夫は怪訝そうな顔をして「アレッ。野球好きだった？」と言った。色んなルールも殆ど知らない私。コールドゲームという事も夫の説明で今回初めて知った位の私だが、勝ち負けがハッキリするから好き。

私の勝手な持論は「人生博打」。「負けるが勝ち」なんてない。マラソンだってやはり一等賞が良い。オリンピックなら金メダル。WBCだって今回の試合が、もし準優勝だったら選手達も監督も日本中の人達だって、頑張った事や努力は讃えると思うがヤッパリ日本中の盛り上がりは、優勝とは違ったと思う。

私の仕事の場合は、販売している商品の全ての売上が全国1位なら文句なしなのだが、そこは狙えない。上には上の方々がいらっしゃるので、そこには割り込めないと思っている（何と控えめな私。と言うより自分の実力は分かっています）。しかし部門ごとの優勝は狙えるかもしれないと思った時に、入るスイッチが私にはある。

何年か前のことになるが、2ヵ月間のキャンペーンでウィッグ部門で全国1位を獲得すると、スイッチが入った。ウィッグの専門の勉強と資格を習得したスタッフ達と相談して、まずは決意の共有。そこからは目標に向かっての計画、準備。そして重要なことである周囲の方々に対しては、決意を丁寧に示す。そこから行動に移す。すると購入してくださるお客様達まで、スイッチが伝染してスイッチオンになるのだった。ご自身だけではなく知人や身内とお客様までが、サロンスタッフ共に一致団結して、購入するような方をご紹介をしてくださり、順調に進んで行った。キャンペーン終盤では、もう皆で1位以外はないと思った。

そんな空気がサロンに漂うほどであった。

結果はみごとに「ウィッグサロン売上1位」を獲得。ウィッグカウンセラー部門においてナミちゃんも「個人優勝1位」獲得という目標通りの結果だった。私もナミちゃんも2人共マイクを持ち、歓喜のスピーチをする事ができたのだった。私達と同じ思いになってくださった皆さんの心が有り難くて、本当に感謝しかなかった。

化粧品部門においても同じようなことがあった。それは絶対1位獲得できたと思い表彰式に臨んだ。化粧品部門の個人売上において、ナミちゃんがまさかの2位だった。この時はスイッチが入ったと言うより、全てにおいてサロンが絶好調で飛ばしていたので、大丈夫と思い臨んだ表彰式だった。結果においては何となくハッキリせずに、不透明さを感じたのだった。

だからこそ、次の化粧品のキャンペーンには悔しさをバネに、もちろんスイッチオン！

そして神様でも仏様でも何でもお願いしようと思い立ち、私はまず京都の三十三間堂に行き、弓矢を買って来てナミちゃんに渡した。「ナミちゃん、絶対個人売上では1位を射るのよ。絶対マイクで優勝のスピーチをする！」と意思を確認し合った。結果はもちろん1位。そこからナミちゃんは、4期連続の1位を獲得するという快挙を成し遂げたのだった。その後暫くは4期連続という記録は破られなかった。

そのような、高みの目標は自分自身の決意から始まるものだと思う。決意したらその為の計画を練り準備、行動、プラス周囲の方達の応援を得られるかどうかが成功の鍵となると思う。日頃の信用や信頼が大きく作用する。後はやる。行動しかない。

信用も信頼も全てが生きて来た、自身の姿や結果なのだと思う。スポーツで言うなら練習の積み重ねと思うが、試合というものは分からない。普段の練習通りの事ができるかどうかまた対戦相手はどれだけのものを、バックに持っているかも分からない？

営業の世界でも同じことが言える。対戦相手は分からないのである！

だから「人生博打」、面白くて辞められない私なのです。

その後仕事では全体売上はもちろんの事ウィッグ部門も化粧品部門も、トントン優勝1位はなし。

表彰式の時にある方に「シャルマーントさんは1位か、圏外か、ですね」と言われた。別に仕事の手を抜いている訳ではないのですが……。

またスイッチオンになったらもちろん1位を狙います。

永遠の魂

母のお腹に宿る命は、何処からやって来たのか？

地球上に生存する形ある生物は全てに限りがある。果てしなく偉大な宇宙！その宇宙の太陽系の惑星の一つである地球。そこに生きる人間の一生は、星の瞬き位なのかもしれないが、人間の命は全て偶然ではなく宇宙の大きな力と意志により、この世に命を授かってきたのではないかと思う。

以前「人間の魂は86回生まれ変わる」という内容の本を読んだことがある。アメリカの精神科医が、記録として書いた本であった。医学博士である著者は医師としての立場を崩さずに、分析をしながら体験した事のみを本にしていた。担当したある鬱病患者の女性の治療を、投薬だけでなく退行催眠（原因を探る為に昔の記憶や感覚に戻らせる催眠誘導）を試みたことから始まった奇跡の記録である。

その患者は退行催眠により、驚くことに幼児期を飛び越えて、もっともっと時間をさかのぼり、前世である全く別の人間に退行していった。その患者の知り得ない人生や人格が出て来た。医学博士は退行催眠により、鬱病の原因が前世にあった事を発見した。治療は前世に何度も戻り行った。結果、成功してその女性は鬱病を克服できたのである。

これは今現在の命は一度きりであるが、魂は何度もこの世に送られて別の人生を歩むという立証になるのではないかと思った。昔から人間が自然に畏敬の念を抱いたり、五穀豊穣の祀りをする、また神社仏閣に行き神様や仏様に手を合わせるなど、全て科学とは無縁かも知れないが、目に見えない何かがあるように思える。

現代は月までロケットで行けるほど、科学は進歩している。そんな世の中ではあるが、身近にいる息子の、科学では説明できない能力を目の当たりにしたり、また私自身の何度かの不思議な体験を考えると、未知の世界はあるに違いないと思う。

命ある物は必ず死が訪れる。人間の肉体は荼毘に付されこの世から消えていく。そして死の瞬間から魂は肉体から離れて、永遠の自由な世界に行くのだと思う。その世界が何処にあるかは分からない。魂の行く世界は誰も知り得ないが、仏教の思想である輪廻転生は、まさしくその事を表しているのだと思った。魂は何度も新しい命を授かり、また新たな人生を歩む。きっと私自身も何度目かの人生を授かり、今があるのであろう。

また魂は生まれ変わる時にグループで生まれて来ると聞く。現世の出会いはまた来世の人生でも関わると聞く。現在何らかの関係がある人達は、前世でも関わりがあったということになる。今の仕事で20年以上もサロンスタッフとして、私の片腕になってくれているナミちゃん。最初はお客様としての出会いだったが、すぐにサロンに通う事を即決したナミちゃんに、不思議なほどの居心地の良さや親近感を感じた。前世でもきっと何らかの、関わりを持っていたのかもしれないと思った。

数年前のことであるが、セラピストで「前世鑑定をする」という方に出会った。その方は私の直前の前世は、脚の悪い男の子で8歳で亡くなったと鑑定された。私の事はひとまず置いて、一緒に鑑定して貰った知人の結果が、興味深いものだった。

三姉妹の長女のKさん。前世の姉妹三人の関係は、たまたま乗船した船が難破してしまい、その時に一緒に乗り合わせていた三人が今回は三姉妹として生まれて来たと言われた。するとKさんは「私達三姉妹は全員が水嫌いで、プールも海や川も大嫌いなんです。だから子供の頃から水遊びもして来なかった」と言っていた。鑑定をしたセラピストの方が、さらに付け加えた話は「今のおじい様は船が難破した時に、あなたを抱えて助けた為、ご自分の命を亡くした方です。あなたを心配しておじい様となり、この世に生まれて来た方ですよ」と言うのである。するとKさんは「祖父は家族皆に厳しい人ですが、私にはいつも優しく接してくれます」と、何かを悟ったような笑みを浮かべながら、言葉を返していた。

人間の魂は永遠である。現世であらゆる事を学び、何度も生まれ変わる度に魂が磨かれ、来世の人生ステージが上がって行くのだと思う。どんな人にも、この世に送り込まれた意味があるのだと思う。だからこそ今の頂いた人生をどう生き、何を大切にして時を刻んで行くか？　人の生き方には解答はないけれど、まずは授かった命を最期まで懸命に全うすることだと思う。

心

人は人の心に翻弄される
温かい心に包まれると強くなれる
未来の扉が開かれるように思える

孤独の中で息をしていると絶望の沼に引き込まれて行く
自分の未来なんて見えなくなる
喉が苦しく呼吸さえも上手くできなくなる

人の心は何と、かぼそく繊細なのか
人の心は何と、薄いガラスのようなのか

けれど、人の心は歴史さえ動かす強さも秘めている
私はアナタが強く生きられるよう
私はアナタが未来に生きられるよう
私のありったけの愛を伝える言葉を探して
アナタを包みたい……

ブランコ

私の住む信州の春は、一斉に咲き誇る花達だけでなく、蕗のとう、こごみ、タラの芽など色んな美味しい旬の山菜などが獲れる。有り難い事に頂く事も多い。天ぷらにしたり、味噌汁に入れたり味覚でも夫婦で春を満喫する。都会で、それぞれの家庭を築いて暮らす3人の子供達には、時々スマホで食卓の写メを送り「今帰って来たら『ディナーは特製春満喫コース』、みんな帰っておいで〜」とメールをする。

3人共大学卒業後も東京で仕事を持ち、忙しくしていて季節感などを感じる暇などないのではと思うと、旬の野菜があることを忘れないで欲しいと願う。子供達とは年に数回しか会う事ができないので、帰郷した時にはと、私は張り切って旬の食材を入れた料理や好物を作る。すると味噌汁大好きな長男は、味噌汁は少なくても3杯はおかわりする。次男などは普段は無口だが「お母さんのカレーを上回るカレーは何処にもないなぁ〜」なんてモリモリ食べながら、そんな嬉しいことを言う。

もう皆40代になる社会人、昔のように「お母さん、お母さん」と言う年齢ではないが、私の思いは伝わっていると思う。一生懸命に生きている子供達を、幾つになっても大切に思う親心も変わらない。それは私自身が子供の頃から、親から注いでもらった愛情があるから、我が子にも同じ事を感じるものと思った。


子供の頃の私は身体が丈夫でなかったのに好奇心旺盛で、三姉妹の中で一番ハラハラさせることばかりするような、お転婆な面を持つ子供だったようだ。その証拠の怪我の傷跡が、未だに消えずに何ヵ所か残っている。

同級生が竹馬で遊んでいるのを見て「私も欲しいよー」とねだったが「男の子の遊びだから、竹馬は絶対ダメ」と祖父に言われて遊ばせてもらえなかった。今は男の子の遊びとか、女の子の遊びとか、誰も言わないが、私の子供の頃はそんな時代であった。

ダメと言われた竹馬。最初は大人しく見ていたが、やっぱり遊んでみたい。私は、竹馬を持っている友達と遊ぶ約束をして、祖父母に見えない裏庭で遊ぶことにした。乗り方などを教わり2、3歩乗って呆気なくスッテンコロリ。思い切り転んで膝に大きな怪我をした。血が結構出た記憶があるが、祖父に禁止されていた事をして怪我をしたので、痛いのを我慢しながらソーっと本当の事を母だけに話した。母は祖父母に知られないように私を庇いながら手当をしてくれた（祖父母に分かったら、母も一緒に叱られるような家だった）。

そんな私は、また懲りずに竹馬の時のようには、庇いようのないこともした。子供の頃ブランコが大好きだった私は、家の庭でブランコができたら良いなぁと、いつも夢心地に思っていた。ある日のこと、庭を色々と物色したところ丁度良い所があるではないか！　中庭の池の側にある、春日灯篭の上の傘の部分と、隣にある木の枝に縄跳びのロープを繋いで掛ければブランコになる、そう思った。思い付いた私はすぐに行動。背の高い灯篭の傘の所にロープを掛ける為に、物置から踏み台を出して来てまず灯篭の傘に掛け、もう片方を木の枝に結びブランコらしき物を作った。

私は凄く良いことを思いついたと嬉しくて、家族皆がどんな顔をして驚くか、想像しただけでワクワクした。「見せる前に私が乗り心地を試して、お姉さん達も乗せてあげようかな～」とルンルンして、そのロープにブランコの様に腰をかけた。するとその途端、何が起きたか一瞬分からないほどの大きなドスーンという音がした。家族皆がその大きな音と地響きに、何事かと飛び出して来た。灯篭が庭に転がっていて、そこに私がいた。家族の驚きは半端でなかったと思う。父は私に駆け寄り「ミユキ大丈夫か？」と尻もちを着いている私を抱き上げ、怪我をしてないか確認した。父はまだ木の枝に掛かっていたロープを見て、すぐに何が起きたか察したと思う。母は驚きと安堵で、動くこともできなかったようだ。

幼心にも衝撃的なことだった。倒れた灯篭を見て事の重大さを私自身も感じた。普段あまり叱ったりしない父だが、こんなことをした私は叱られると思ったが、その時の記憶ではあまり叱られなかった。ただ家族皆が「良かった、良かった」と口々に言っていたことを覚えている。木の枝がシナった為に、灯篭の傘が私側に倒れなかったので大事に至らなかったようだ。

父は間もなく、裏庭に木製の相向かいで乗れるブランコを作ってくれた。灯篭は普通の力ではビクともしないほどの重さの為、石屋さんに元に戻して貰ったよ

灯篭に結びつけた縄跳び
できたー!!
よいしょ……っと
この数秒後に大惨事が・・・

うだ。灯篭の傘でブランコを作るなんて、とんでもないことをした私なのに、ブランコをしたいと思っている私の心を受け止めてくれた親心は、今更ながら有り難かった。

大人達をいつもハラハラさせる事ばかりした私を、祖父母から庇いながら、いつも見守り続けてくれた両親。先回りして何でも反対をされていたら、今の私はなかったかもしれないと、両親には深く深く感謝している。

おしゃべりな私

私って「根っからのおしゃべりなのかしら」と思うことがある。思ったことを話しかけてしまう。それも相手の名前も知らない人にも。クリーニング店の受付の人とか、お店で支払う時のレジの人とかも、つい話をしたくなる。言って良いことと悪いことはわきまえてですが……。最近はそんな自分も悪くないのではと、思うことが結構ある。

先日もゴールデンウィークの最後の日に、地元の海鮮食材で有名なお店に、夕食のお買い物に行った。その店は相変わらず大盛況で、落ち着いて商品を選べないほど混んでいた。お買い物が終わり、レジに並び支払いを待っていた。お店の方々は皆忙しそうに働いていた。レジ係も黙々と仕事をこなしていた。私の番が来て、レジを打つ若い店員さんに「相変わらず混んでますね。ゴールデンウィークもお休みなしなの」と聞いた。すると「ハイ、そうなんですよ」と苦笑い。その時に初めて目が合った。「そうなのね。ゴールデンウィークの出勤には、特別手当なんてあると良いのにね」とウインクする私に、首を横に振る店員さんだったが、その顔は明るくなっていた。私は両手で「頑張って！」とジェスチャーをした。その若い店員さんは、私の後のお客様から、顔を見て明るく接していた。その人とは数十秒の会話だったけど、無駄な会話ではなかったと思った。

何年か前、京都の二年坂にあるお店で、きんつばが焼けるのを待っていた。おしゃべりな私は、つい「私は年1回は京都に来ているんですよ。必ずここのきんつばが大好きなので、買って帰ります」と言って、長野から来ていることなども話す私だった。夫は横でいつものように黙って聞いていた。注文の品が揃って支払いを済ませてお店を出て数分後、お店の方が私達を追いかけて来られ、夫と私に一個ずつ焼きたてのきんつばをくださったのだ。何だか嬉しかった。その温かいきんつばは格別美味しく、二年坂を歩きながらご馳走になった。その次に京都に行った時には、長野の蕎麦饅頭をお礼に持って行った。似たような物だがとても喜んでくださり、嬉しかった。そこの店の方達は私達のことを、しっかり覚えていてくださり「前回来はったのは半年前でしたね……」。きんつばが焼けるのを待つ間のおしゃべりが楽しく弾んだ。

私達夫婦の京都の定番コースはきんつばの店だけでなく、陶器のお店にも度々立ち寄っていた。そのお店の陶器は、椿の花、紅葉、月下美人など、美しいお花が描かれていて大好きだった。茶の湯をする私の母には白い椿の描かれている茶碗を、夫の両親には日々使えるような、紫陽花で色違いの湯呑茶碗をプレゼントしたこともある。私はプレゼントを選ぶ時にも、お店の方に「母の茶の湯の茶器を探してるんですよ、何が良いかしら」とか、「陶器のコーヒーカップも素敵よね」と思い立って、夫婦で車を飛ばして来たことなどを話す。そのお店の方々も私達を覚えてくださっていて、行くと必ずお茶などを出してくださったり、記念にと素敵な盃を頂いたこともある。残念なことにそこの店員さんは変わってしまっていて、少し寂しかった。

私はお店に入る時に、店の方と仲良くなろうと思い入る訳ではなく、私にとっては普通の会話をするだけである。夫曰く、そんな私に「ママはおしゃべりだから、色んな人がすぐに覚えてしまうんだよ。僕なんか何回かお店に入っても、覚えられないことが多いよ」と言っていた。夫は、松本市のボランティアで観光案内をしている。そんな事もあり、女鳥羽川沿いにある「女鳥羽そば」を何回か案内したり、自分でも数回食べに行ったりしていた。ある日私を初めて、そのお蕎麦屋さんに連れて行ってくれた。私はそこのお店がとても気に入ってしまった。清潔な店内。また店の中だけでなく、お手洗いなどにも茶花などがソッと生けてあった。お蕎麦にも不思議に凛としたものを感じ美味しかった。そう感じた私はつい帰り際に「夫は観光案内などで、何回かコチラに来ていますが、私は初めてなんですよ……」と感じたことを口に出し「とても美味しいお蕎麦でした。又寄らせて頂きます」と言って店を出た。数ヵ月後、又行くと店の方はニコニコして「いらっしゃいませ。奥様も来てくださったんですね」と覚えてくださっていた。

お買い物に行ったり、食事に行ったり日常茶飯事の生活の中で、普通にコミュニケーションをすることは、より人生を楽しくしてくれる。同じ空間、同じ時間を共有するなら、人として少しでも心を通わせながら過ごせるって、幸せな事と思う。

それは人生に素敵な彩りを添えてくれると、感じる私なのです。

東海道5百キロの旅

得体の知れない、不気味な新型コロナウィルス感染症が、2019年の12月頃から地球を襲い、人類は3年以上にも及ぶ苦難を強いられて来た。リモートワークなどが増え、通勤せずに仕事をする事が普通になってきた。都市近辺に住居を持たなくても時々の出社で、事が済む時代が予想外に進んだ。私の仕事でも研修や会議は、今はZOOMが多い。だが人との繋がりは画面越しは、やはり寂しいものである。改めて人間関係において、対面でのコミュニケーションの大切さを感じた。

コロナ禍も収束に向かってきた2023年のゴールデンウィークは久しぶりに夫と5泊の計画で宿をとり、千6百キロにもなる大旅行をした。最初の1泊目は京都。翌日は出雲大社のすぐ側の旅館に移動して2泊。出雲大社は遠い事もあり、自宅に向かいながら鳴門、琵琶湖と1泊ずつして帰って来た。車での移動は随分と時間がかかったが、壮大な瀬戸大橋や新緑の美しい琵琶湖の周りなど、気ままに走り旅することができた。長距離のドライブでも、自由な計画を立て楽しめる世の中を改めて有り難いと思った。

1泊目の京都には自宅を車で出発して5時間半で着いた。比叡山の麓にあるホテルまでは鴨川沿いを走った。川縁のお店では、もう夏の京都の風物詩である納涼床ができ始めていた。私は京都旅行をすると必ず思い出す事がある。それは夫が40代半ばの頃の事であったと思う。

ある年の10月に2週間ほど休暇をとり、東海道を歩いて旅をすると言い出したのだった。まだその頃はインターネットが、あまり普及していなかった時代。携帯もPHSの時代であった。エンジニアの夫は、GPS端末の開発をしていた(現在は車にナビが付いているのが普通だがその頃はまだ開発途上だった)。その開発中のハンディーナビのGPS端末を試したいと言うのである。別に東海道でなくても良いのではないかと思う私だったが、普段はどちらかと言えばもの静かな夫は、言い出したら聞かない頑固なところもあるので、私は黙って送り出した。リュックサックに、パソコンと2日分の衣類と雨具を入れ、最低限の荷物を持っての旅であった。荷物を増やしたくないと乗り気でない夫だったが、健康維持の為のサプリメントを2週間分だけは持って行ってもらった。

東京の日本橋をスタートして、京都の三条大橋迄の5百キロの一人旅、という計画だった。宿泊先は前日に調べて予約をする生活。下着やシャツ類は旅館で手洗いして、生乾きの場合は翌日の旅館で再度干して乾かす。夜は必ず次の宿泊先を探す。そんなギリギリの旅をしていたらしい。朝の出発は、前日の最後の地点まで戻ってから一日のスタートをする。毎日歩く平均距離は40キロ位だったと言う。雨の日などは大変だったと思う。

大磯に入ったころに果物が食べたくなり、八百屋の店先のミカンの籠盛りは多すぎるので「この籠の蜜柑、2個だけ売って貰えますか」と聞くと、同情されたのか「兄ちゃん2個なら、やるよ」と恵んで貰う事もあったようだ。コンビニに入った時も、髭ヅラで首にタオルを巻いたリュック姿の夫は、店員さんなどに怪しい人と思われたのを感じ、その夜に髭を剃り落としたと言っていた。色んな出来事は帰って来て、暫くしてからの話だった。

私は仕事の忙しい時期であったが、三条大橋でのゴールは花束を持ってお迎えしようと京都に行くことにした。前日に夫に連絡をして「お迎えに行くわね」と伝えると方向音痴の私を気遣って、結局は夫が京都駅まで私を迎えに来たのだった。京都駅で「おめでとう、東海道制覇」と用意して行った花束を渡すと「エッ何、誰がこの花を持つの?」と怪訝な顔をする夫だった。私は久しぶりの再会と、目標達成した夫に最高の感動の気持ちを花束という形にしたのに(何て奴だ!)と思った。花束は私が持って歩いた。心の中で(疲れてヨレヨレの夫より、花束は私が持っていた方が似合うに違いない)と思うことにした。

夜夕食を摂るための店を探したが、京都の老舗などは殆どが「一見さんお断り」だった。結局は新京極の商店街で、適当な和食の店を見つけて入った。久々の2人での食事。積もる話もあるはずなのに、夫は黙々と食べて手酌でお酒を呑んでいた。まるで私の存在を忘れているかの様だった。今までは決してそんなことのない夫だったのに。「私にもお酒を入れてよ」とお猪口を差し出すと「アッごめん」と我に返る感じだった。

翌日一緒に松本に帰ってきた。

だが何故か家に戻ってからの夫は、前の夫ではなかった。私が話しかけないとずっと黙っている。ベッドで隣にいる夫も、一緒に食事をしていても、まるで別人に感じられた。口で表現するのが難しいが「何か違う」と感じた。まるで魂が入れ替わり夫の皮を被った宇宙人かもしれないと思う位であった。

元の夫に戻るのに2ヵ月位かかったと思う。元に戻った夫に、花束の事を責めると「ずーっと1人で黙々と歩き、誰とも話さない毎日。全身の疲労や予定通りに進まなければならないと思うと、サプリメントが1個減るだけでも荷物が軽くなる気がして、ホッとしていたんだよ。花束を出された時は嬉しいより余計な荷物はごめんだと思ってしまって。ゴメンね。折角の気持ちだったのに」と謝られた。

やっぱり人は「食卓」と言うように、卓を囲み楽しく食事をしながら一日の出来事などを話したりすることで、癒されたり、明日の活力になったりするのだと感じた。コミュニケーションは本当に大切である。

孤独感は人の心も大きく変えてしまうと、つくづく感じた出来事だった。現在は「今度は中山道を歩きたいな」と、年甲斐もなく呟いている夫に、私は聞こえないふりをしている。

とうじ蕎麦事件

今年も牡丹や芍薬の美しい季節が来た。5月の母の日の頃になると、牡丹や芍薬が美しく咲いている美ヶ原高原近くの玄向寺に、毎年のように訪れている（玄向寺は牡丹寺とも言われているが、松本城主だったころの水野家の菩提寺で、春には雅楽の演奏会もあり松本市民で賑わう有名なお寺でもある）。私は牡丹や芍薬の咲くお寺の庭を歩きながら「母に見せてあげたいなぁ」といつも思っていた。幸い、まだ母が自分の足で歩ける頃一度だけ、お寺に連れて行けた。その時の母の嬉しそうな顔は忘れられない。本当にお花が好きな母だと、改めて実感した。リウマチを患っていた父が、まだ生きていた頃は、信州まではなかなか来ることができなかったので、一度でも見せてあげられたことは、本当に良かったと思っている。

年を重ねて来てからの母は、子供のようだと感じることがしばしばある。何年か前、父が他界した後、母を我が家に連れて来た時のこと。お昼にとうじ蕎麦の発祥地で有名な奈川という所に、夫の運転で連れて行った。とうじ蕎麦とは、山菜やキノコなど信州の季節野菜がたくさん入った、出汁の効いたつゆが入った鍋が、卓上コンロと共にテーブルに出て来る。その鍋に、竹で編んだとうじ用のカゴに小分けの蕎麦をとり、自分で好きなように、ツユにくぐらせてお椀で食べる(とうじ蕎麦の語源は、ツユに浸ける事を「湯じ」と言うところから付いた郷土料理らしい)。初のとうじ蕎麦を母はきっと喜んでくれると思っていたのに、奈川までの山道がクネクネ曲がっていた為、母はすっかり車に酔ってしまった。元々少食の母は、益々食欲もなくなってしまって殆ど食べられなかった。夫は帰り道では、極力揺れるのを防ぎながら低速で運転していた。また「お母さん大丈夫ですか。お腹空いたでしょう」とか、車の中でも気を遣って話しかけていた。ご機嫌が悪くなって口数が少なくなっていた母は、そんな夫に余り答えようともしなかった。

そんな母を、このまま家に連れて帰ってもと思い「お母さん紫陽花、見に行

お母さん
アジサイ
見ます??
みる
団子より花
な母
もういらない…
とうじそばとは…
冷たいそばを温かい
出汁に入れてから
お椀で食べる
そば
山菜やきのこが
入った出汁
お椀
ねぎとわさび

く？」と話しかけると、急に嬉しそうな顔になったので、紫陽花がたくさん咲いている弘長寺という所に寄ってから帰ることにした。心の中で私は、絶対喜んでご機嫌も直るはずと思っていた。お寺に到着した。色んな紫陽花が丁度見頃だった。ピンク、白、紫と美しく咲いていた。おまけにお寺の池には、美しく睡蓮も咲いていた。夫は持っていたカメラで、母の写真や紫陽花なども何枚も撮っていた。思った通りの母の反応。まるで奈川の事は何もなかったかのように、母は嬉しそうに紫陽花を一生懸命見て歩き、私に紫陽花の説明を始めるほど、おしゃべりになっていた。

夕食の前に夫が、紫陽花寺で撮ったお花や母の写真をプリントしてあげたら、益々喜んで写真を見ながら自分の好きな紫陽花の話をしたり、自分の写真を見て「私も年をとったわね」とか急におしゃべりになる母だった。また珍しくワインを、グラスに注いであげたら「美味しいわね。このワイン」とワインも夕食も完食したのだった。私の母の可愛いご機嫌斜めは、お花で直るということを改めて感じた『とうじ蕎麦食べない』と言う小さな母の事件だった。

不思議な体験

私は今までに何度か不思議な体験をしている。

もしかしたらワープ？

もう随分前の事であるが、私達家族がお世話になっていた親戚の「東京のお母さん」と呼んでいた方が癌になってしまい、余命幾ばくもないと医師に告げられている事を知った。私達はいても立ってもいられなくなり、すぐに夫婦二人で中央道を飛ばして、東京の病院に駆けつけた。病室に入った時に、チューブだらけの姿が痛々しかった。東京のお母さんは、意識もうろうとしているようだったが「東京のお母さん、ミユキですよ。分かりますか？」と耳元で言うと私の声が分かったのか、起きあがろうとして「よくー。よくー」とはっきり言った。きっと「信州からよく来てくれたね」と言いたかったのだと思った。

身内の人と話をした後、夕方の5時頃に新宿入口から中央道に乗った。車の中で夫と「東京のお母さんに会えて良かったわね。家に着くのはどんなに急いでも、夜の8時は過ぎてしまいそう。子供達はお腹を空かして待っているわね」と話した。車のガソリンが少なくなっていたので、談合坂サービスエリアで給油したのが6時だった。腕時計を見たのでよく覚えていた。車の中で夫と東京のお母さんの思い出話をしながら、帰路を急いだ。

6時27分に自宅の最寄りの長野道の塩尻北インター出口で降りて、近くの回転寿司で夕食を買い、子供の待つ家に着いたのは7時前だった。

皆で夕食を済ませてお風呂に入ったり、明日の準備などをして、私が休めたのが夜中の1時過ぎだった。夫と「東京のお母さんの話は尽きないけれど、もう遅いから寝ようか」と言い、部屋の灯りを消した。その数分後に2人が同時に「ちょっと待って！ 私達の車は長野道の塩尻北出口に着いたのが、6時半前だったわよね……なぜ？」と起き上がった。灯りを付けて顔を見合わせた。談合坂で6時の給油は間違いない。そこからどんなに車を飛ばしても、2時間以上はかかる。それに思い出すと、トンネルを1回通っただけのような気がする。それも余り見覚えのない、網目のトンネルだった事を思い出した。中央道の談合坂サービスエリアからは、数えた事はないが、たくさんのトンネルを通るはずである。私も夫も鳥肌がたった。

何処？　ワープしたのだろうか？　それとも神様が急ぐ私達の車を掴んで、ポンと長野道の塩尻北出口に置いてくれたのだろうか？　それも夜中になるまで2人共全く気付かず、同時に気付いた不思議？　その後も中央道の談合坂サービスエリアと塩尻北インター出口の間を、何回も時間を計ってみたが、やっぱり2時間は掛かった。

私の魂はどこに？

もう10年も前のことだが、子サロン（仕事上の傘下を、そう呼んでいる）のチーフであるM子が、ファミリーミーティングの時に「チーフ、私子宮頸癌だったんですよ。先日バケツをひっくり返したほどの出血があって、慌てて婦人科を受診したんです。近くの婦人科に行ったら、すぐ大学病院を紹介されました」と言うのである。M子は不正出血がある事は自覚していたが、忙しさの中で勝手に更年期だから仕方ないと、自分の事は後回しにしていた。私も含めて仕事を持つ女性にありがちなことである（仕事を持つ多くの女性に伝えたいので、あえて病名も書かせてもらうことにした）。結局彼女は10ヵ月間、入退院を繰り返して、病魔と闘った末に他界してしまった。その間に私は何回もM子に会いに行ったが、会う度に小さくなって行く彼女の姿が悲しかった。癌と判明した時には、悔しい事に癌は、彼女の身体中を大きな顔をして、陣取っていたのだ。

人が良く明るくて優しいM子。それ故に、家族、親戚と周り中から苦労させられていた。私はM子の病状を考えると、お正月も実家には長居をせずに、挨拶してすぐに帰って来ていた。最後に会えたのは亡くなる5日前だった。M子のか細い手を握っていると「チーフの手あったかい」と言いながらウトウトする彼女の頭を何度も撫でながら、涙が出た。

M子の旅立つ明け方の事、私は随分と長い時間、夢の中で誰かと話していたようだ。夫が「今朝は夢の中で誰かに相談されていたの？　うん、うんと何度も頷いていたよ」と言った。きっとM子だったに違いないと感じた。その日サロンがオープンした10時、M子のご主人から訃報が届いた。

病院から無言の帰宅をした彼女に、サロンのスタッフ達と会いに行った。白地に花柄の新しいパジャマを着せられていた。その晩は私も疲れきっていたのか、ソファでうたた寝をしてしまっていた。すると夫の「アッ！」という小さな叫び声で目覚めた。向かい側でパソコンをいじっていた夫が、人の気配を感じてパソコンから目を離した時に、うたた寝している私の顔を覗き込んでいる女性がいたと言うのだ。そして夫がアッと声を出した瞬間に、スーッと消えてしまったと。どんな服装だったかと聞いたら「たしか、白地に花柄の模様の洋服だった気がする」と言った。私はM子が荼毘に付される前、私にサヨナラを告げに来たと思った。

告別式当日。荼毘に付されたM子のお骨箱が遺影の側に置かれていた。一番最初に弔辞を読む事になっていた私は、お焼香が順番に進んでいるのをM子の遺影を見ながら待っていた。するとスタッフのナミちゃんが「チーフ帰りましょう。もう片付けが始まってますよ」と私に言うのだった。「エッ、ナミちゃん私まだ弔辞を読んでないし……」と言うと驚いて「チーフはちゃんと読みましたよ。みんな、チーフの弔辞で涙を流してました。憶えてないのですか。大丈夫ですか」

と心配そうに私の顔を見ていた。私は何と自分の読んだ弔辞のことも、その後4人の方の弔辞も、喪主の挨拶も全く記憶になかった。後ろの方にいたスタッフ達は、微動だにしない私を見ながら心配をしていたらしい。

空白の1時間。スタッフ達は「シモムラチーフはM子のことを心配して、三途の川を渡るのを見届けるか、それとも自分で舟を漕いで送り届けてたかもしれない。あの世に一緒に行き、全てを見てから帰って来たんじゃないですか?」「それに異常に疲れている顔をしてますよ」と言うのであった。

私の魂は何処にいっていたのか、未だに不思議で仕方がない……。

会いたかった

会いたかった。会いたかった。会いたかった。

でも、もう会えない。悔やんでも悔やんでも……もう会えない！

2023年5月の土曜日、平日より早く仕事を終えてリビングでくつろいでいると、珍しく家の固定電話が鳴った。最近は家に来る電話は、知人以外のセールスなどが多いので私は名前も言わず低い声で「はい」と出て、まずは相手を確かめることにしている。

「リョウです。母の事で……」。私は何か嫌な予感がした（リョウ君と言ったら、幼なじみのヨーコちゃんの息子しかいない）。頭の中で記憶がクルクルと回った。「ヨーコちゃんちのリョウ君？　どうしたの？　おばちゃんに電話なんかして来るなんて」と明るく話す私。彼は「ご無沙汰してます」と言う。私は何か話が本題に入る事が怖くて「リョウ君かぁ。あの色白なリョウ君！　幾つになったの。

声が大人っぽくなったけど」。そんな私に合わせるかのように「僕もう44歳なんですよ」と答えた。彼は「あのー」と言いにくそうにしていた。その言葉を私は遮るように「ヨーコちゃん、元気よね。又何か言いつけられたの？」と懸命に言葉を探して、彼の話を避けていた。「先週の金曜日に母が亡くなりました。母はいつもミユキちゃんの話をしていたので、一番にお知らせしなくてはと思い……」。私は「リョウ君嘘でしょ。だって去年携帯で話した時に、コロナ禍が収まったら会おうねって……」。ヨーコちゃんとはもう随分会っていなかった。優しいリョウ君は私の動揺が少し収まるのを待ってくれ、話を続けた。「母は70歳を迎えた時に、あなた達のおじいちゃんは62歳、おばあちゃんは67歳で亡くなっているから、私はもう長生きしてる方なのかもね。だからいつお迎えが来ても良いと思っているのよって、言ってました。でもリビングで倒れ病院に救急搬送された時、大腸癌と診断され、その時は意識がハッキリしていて、医師に人工肛門になるのですか、と質問していた位でしたから、その日のうちに自分が亡くなるなんて、母自身が思っていなかったと思います」。その後彼とは何分位話したであろう。頭も心も整理がつかない私に彼は「火葬は済ませましたが、生前樹木葬が良いと言っていたので、今口樹木葬の話を聞いて来ました。本当に母がお世話になりました」と言うリョウ君。

私はお世話もしてないし、幼なじみのヨーコちゃんが元気でいてくれて、いつかは会える。いつでも会える。そう思っていた私だったから。大泣きしそうになった私は「リョウ君、知らせてくれてありがとうね」としか言葉が見つからなかった。私から電話を切った。

私の仲良しの幼なじみは3人組だった。誕生日が3人近い事もあり何歳になっても、誕生日が近づくと思い出すのだった。すぐ家の近くのユウコちゃんが12月10日、ヨーコちゃんが12月12日、私が12月14日。3人は幼児学級で一緒になった。私達の頃は幼稚園とは言わず、小学校に併設された未就学児の教室の事を当時は、幼児学級と言った。赤組と黄色組と教室は2つあったが、私は未だにどちらの組だったか分からない。先生はイマイ先生とフクダ先生と、名前もちゃんと憶えているのに。少しワガママだった私は気に入らない事があるとイスに自分の荷物を乗せて、赤組から黄色組に行ったり、また黄色組から赤組に行ったり自由にしていた。ヨーコちゃんとは、小学校、中学校、高校も同じで、文科系の一緒のクラスだった。

高校の時は、私の友達は全然別のグループだったので、特に行動を共にした訳ではないが、何となく安心できる友達だった。大学もヨーコちゃんは世田谷にある仏教系に、私は四ツ谷にあるカトリック系で全く違ったが、たまに連絡して会っていた。

短い期間だったが、姉達と暮らしていたアパートを出てヨーコちゃんと、神田川にも近い東中野のアパートで、一緒に暮らしたことがある。アパートの道向かいが銭湯だったので、いつも二人でパジャマを着て、銭湯が閉まる直前に飛び込んで行った。お金が乏しくなるとヨーコちゃんが「ミユキちゃん、今日はお肉なしの野菜カレーよ!」と作ってくれたことは忘れない。そのカレーは妙に美味しかった。魚肉ソーセージやパンにマヨネーズを付けながら2人で楽しく食べたこともある。お互いが、実家に帰ったり東京にいる親戚の家に行ったりすると、色んなお土産を貰う為、食事やオヤツが急にリッチになったりした。

忘れられない出来事がある。結婚前にヨーコちゃんのお腹に赤ちゃんができた事を相談された。ヨーコちゃんの家は、皆さん公務員という硬いイメージだったが、ご両親は反対もせずとっても喜んで軽井沢の教会で式をあげることになった。その時のことを思い出す。一緒に準備をすることを頼まれ、私もヨーコちゃん達も披露宴などという頭が働かず、教会での式だけ予約していた。式が終わり、その事実が分かったご両親は、慌てて近くのお寿司屋さんを探して祝宴をあげたのだった。ご両親に「じゃあこの辺で、ヨーコの親友のミユキちゃんに何か話して貰いましょうか」と言われて、焦って楽しかったエピソードを話した記憶がある。幾つになっても子供達に笑われながら「ミユキちゃん」「ヨーコちゃん」と呼び合っていた。いつでも会える。そう思っていたのに。

ヨーコちゃんは遠い天国。もう会えない。ヨーコちゃんは天国でも、大好きな乗馬をしているのかなぁ。それと自分の子供のように可愛がっていたラブラドール愛犬リアン、先に天国に行ったけど、虹の下で会えたかな？　きっと待っているはずよ。

でもヨーコちゃん、私はあなたと約束通り……やっぱりもう一度会いたかった。

魔法のランプ

やらなくてはならないことがありすぎて　ガムシャラに走っているアナタ
季節の移り変わりさえ　何も見えないほどに予定をギューギューに詰め込んで
そこに自分の人生さえ　無理やり詰め込んでいるアナタ

魔法のランプの話　ご存知かしら
ランプを3回擦ると　巨人がスーッとランプから抜け出して来るのよ

アナタも左胸の辺りを3回擦ってみて
巨人がスーッとランプから抜け出るように
アナタもきっと　今を抜け出すことができると思うの

そう！　そのまま青い空まで飛んでみるのよ
するとアナタの心は　いつの間にか広い青空の元で膨らんで
大空を自由に飛ぶことの気持ち良さを　味わうことでしょう
何もかも捨てなさいなんて　私は言わないわよ
焦らないでね
焦らないでね
大切な時間　今という一瞬は二度と戻ることなく過ぎゆくもの
アナタは　未来という素晴らしい時間がいっぱいあることを気付いているかしら

多くの時を超えて来た私だから
アナタよりチョッピリ大人の私だから
今のアナタに「魔法のランプの巨人のように！」なんて言えるのよ

あとがき　「この本を手にしてくださった方に」

私は、昭和26年12月生まれ、現在72歳（令和6年4月現在）です。仕事はシャルマーントダイアナというサロン〔株式会社ダイアナのフランチャイズ加盟店〕でプロポーションカウンセラーをしています。家に仕事場があり、サロンにはスタッフが2人（ナミちゃん、カナエちゃん）と私（皆からチーフと呼ばれている）の、3人体制で仕事をしています。そんな仕事をして30年になる私の半生が、この本に書かれています。

経営者として働きながら主婦としても炊事、洗濯……etcと家事を行い、母として3人の子供達を社会に送り出しました。女性が仕事を持ち社会に出る事の大変さを、いやと言うほど味わっても来ました。仕事に就きながら結婚すると、出産、育児、日常の家事全般が、否が応でも女性の方に負担が掛かるケースが多いと思います。私のような昭和世代の夫婦の男性は、家事や育児を担うのではなく、手伝うというスタンスでした。今でこそ父親の育児休暇など昔よりは取り易くなってきているかもしれませんが、昔は子供の病気も赤ん坊の健診なども全て母親の仕事としてやるのが当たり前で、子供が熱を出す度に今日も仕事を休まなくてはならない、どうしよう……と、夫を頼る訳にはいかずに、一人で悩んだものです。

私自身そんな日々に疲れて家族の洗濯物を干しながら、イライラして洗濯物やハンガーなどにあたったり、そんな自分に涙が出たり、色んな思いが交錯して心を病み、仕事を辞めようかと考えたこともありました。けれど私が何故、仕事を辞めなかったのか？　振り返ってみると妻でも母でもなく、一人の人間として常に何かを求めている私がいました。それは、結果を出すことが目的ではなく、そのことに向かって行くことで、自分自身を肯定的に受け止めることができていた気がします。

私には何の強みも、何の取り柄もないけれど……「人が好き」、これだけは言えます。人間相手の仕事を選んで来た私は、一生懸命に生きている人を見ると、みな愛おしく感じます。

いつも歯を食いしばって頑張らなくても良いんです。人間、弱虫で良いんです。イライラしたり、悲しみで心がいっぱいになって泣きたくなった時、この本が少しでもアナタの心に寄り添えることを願っています。

〈著者紹介〉

下村みゆき（しもむら　みゆき）

長野県松本市在住40年になる。東京では保育士をしていたが、心身を病み退職。松本に居を移して3人目を出産、数年専業主婦をした後に化粧品の営業所長、幼児教育教室を経て42歳でダイアナと出会い3カ月後にサロンをオープンして現在に至る。この間カウンセリング、傾聴療法士、信州大学の夜間講座で身体の仕組みや人間の病気について学ぶ。また「気」の学問に出会い、九星気学、風水、家相、易と勉強中である。毎年初頭に一白水星～九紫火星までの開運の手引きを発行している。

夢《ゆめ》の小箱《こばこ》をアナタに

2024年4月6日　第1刷発行

著　者　　下村みゆき
発行人　　久保田貴幸

発行元　　株式会社 幻冬舎メディアコンサルティング
〒151-0051　東京都渋谷区千駄ヶ谷4-9-7
電話　03-5411-6440（編集）

発売元　　株式会社 幻冬舎
〒151-0051　東京都渋谷区千駄ヶ谷4-9-7
電話　03-5411-6222（営業）

印刷・製本　中央精版印刷株式会社
装　丁　　立石愛

検印廃止

Printed in Japan
ISBN 978-4-344-69047-9 C0095
幻冬舎メディアコンサルティングＨＰ
https://www.gentosha-mc.com/